Ulrich Schulze ist das Pseudonym eines Psychiaters, der über Jahrzehnte an einem Hotspot der Migration in Deutschland orientalische Lebenswelten studieren konnte. Ob die Literatur derzeit noch interkulturelle Kritik üben darf, ist mittlerweile auch in Westeuropa hoch umstritten. Schulze wagt es in der Form einer Kriminalburleske, die hoffentlich nicht zu viele „Woke" zu stark erregen wird. Die Handlung ist frei erfunden. Jede Ähnlichkeit mit existierenden Personen wäre rein zufällig und sollte durch die Kunstfreiheit gedeckt sein. Die derbe Schilderung ethnischer Besonderheiten ist immer satirisch gemeint. Im Schelmenroman „Der Mann mit den schlechten Eigenschaften" hat er sich am egalitär-behavioristischen Weltbild der Moderne abgearbeitet, in „Das Attentat" zeichnete er satirisch den Aufstieg der Partei der Unberührbaren nach, in der Kriminalburleske „Alter Arzt - was nun?" geht es jetzt um Altern, den Clash der Kulturen und die magische Anziehungskraft des Bösen. Er nähert sich diesen Phänomenen mit den Werkzeugen der empirischen Psychologie und Sozialbiologie im Gepäck, was Paradoxien aufdeckt, die den Zeitgeist diametral attackieren. Schulze möchte Leser mit seinen Sittengemälden überraschen, was nicht ganz ohne Erschrecken ablaufen kann. Als Entschuldigung für die oft schalkhafte Boshaftigkeit seiner Protagonisten dient ihm ein Konzept der Verhaltensforschung, das hinter den sogenannten freien Willen des Menschen ein dickes Fragezeichen setzt. Wie sein Kollege Peter T., der noch beschwichtigend vom „Ahnenfaktor" sprach, sieht er schockierend die wirkmächtige Biologie am Werke, was der Romancier und gelernte Verhaltensbiologe Maarten 't H. weniger kryptisch benennt: Die Gene sind unser Schicksal. Forensiker wussten es schon immer – DNA ist der ultimative Beweis!

Schulzes besonderes Interesse am Orient weckte in ihm als Kind Karl May („Durchs wilde Kurdistan", „Von Bagdad nach Stambul"), etwas anspruchsvoller ging es weiter mit „Fata Morgana", Thomas L.s feiner psychologischer Studie arabischer Mentalitäten, der vernichtenden Reportage „An Islamic Journey" des Nobelpreisträgers V.S. N. und „Schnee", der erschütternden Studie ostanatolisch-kurdischer Archaik des Nobelpreisträger Orhan P. Im Vergleich zu Historikern und Soziologen sind Schriftsteller offensichtlich die besseren Seismografen gesellschaftlicher Erschütterungen. Schulze schreibt unter Pseudonym, weil die Literatur Orhan P.s dessen Landsleuten derart missfiel, dass der Autor sein Heimatland Türkei, das doch kein Teil Europas werden kann, fluchtartig verlassen musste, um nicht ein Schicksal wie Bestsellerautor Salman R. zu erleiden, der für seine „Satanischen Verse" mit einer Fatwa überzogen wurde, die ihn fast das Leben kostete.

Ulrich Schulze

Alter Arzt - was nun?

Kriminalnovelle

Cover: Elegy-pictures

Herstellung und Verlag: BoD – Books on Demand, Norderstedt

ISBN: 9783758375606

Prolog

„When I look back upon my life it`s always with a sense of shame" (Pet Shop-Boys, 1987).

Was macht man, wenn einem als alter Mann nur noch wenige gute Jahre bleiben? Unverdrossen in den ausgetretenen Pfaden weiter stapfen? Anfangen Arztromane zu schreiben? Sich neu erfinden? Mein Lieblingsautor Richard F. riet ausdrücklich davon ab, wollte sein Alter Ego Frank B. in dessen Profession als Immobilienmakler weitermachen lassen, bis man ihn mit den Stiefeln voran aus dem Büro tragen würde. Wie Richard F., der kürzlich seinen 80. Geburtstag feiern durfte, schätzte auch ich schöne Häuser. Meine Villa in ihrer Anmut des Jugendstils verlieh mir ein wenig von der Leichtigkeit, die das Sein erträglicher machen konnte. Leider kann der Mensch nicht wie eine Katze ohne Wissen um den baldigen Tod satt und zufrieden am Ofen liegend schnurren. Wenn die Gedanken im Alter immer öfter Trauer tragen, die Kraftquellen des jugendlichen Optimismus versiegen, kann Mann schon auf dumme Gedanken kommen. Bei mir war es besonders schlimm, weshalb ich hier über mein monströses Aufbegehren schreiben will. Moralisch gefestigte Leser*innen können daraus lernen, was sie von manchen alten weißen Männern zu erwarten haben, mit denen sie besser nicht anbandeln sollten. Es ist auch ein bitterböser Arztroman, der ausdrücklich vor Ärzten warnt! Aber vielleicht sind Psychiater ja gar keine richtigen Ärzte?

1.   Sprechstunde

Traf ich einen Kollegen in der Stadt oder während einer Fortbildungsveranstaltung, so hörte ich nach wenigen Sätzen Geplauder immer dieselbe Frage: „Und, wie lange willst du noch machen?" Als angestellter Arzt wäre ich bereits letztes Jahr in den Ruhestand verabschiedet worden, in eigener Praxis durfte ich die Kassenzulassung ohne Altersgrenze halten, solange ich wollte, nachdem das Zwangsende mit 68 vor einigen Jahren wegen drohenden Ärztemangels plötzlich gekippt worden war. Kurz zuvor hatte das Verfassungsgericht noch entschieden, dass diese Altersgrenze nicht diskriminierte, sondern dem Schutz der Patienten diente. War ein 68jähriger Arzt eine Gefahr für seine Patienten, wenn ein 81jähriger noch Präsident der USA sein konnte? Ein Chirurg oder Internist vielleicht oder in vielen Fällen sicher, aber ein Psychiater? Eher selten, denn wie hatte Kollege Francoise L. in „Hektors Reise oder die Suche nach dem Glück" so schön geschrieben: Die Psychiatrie ist das einfachste Fachgebiet in der Medizin, eine handvoll Diagnosen, vier Medikamentenklassen, ansonsten dasitzen, zuhören und dem Schicksal seinen Lauf lassen. Nein, ich hatte es nicht eilig, meine Praxis zu verkaufen (so sich eine Nachfolgerin finden ließ) oder die Zulassung zurückzugeben, denn sie brachte Sinn und Struktur in den Lebensabend. Was hätte ich sonst mit der verbleibenden Zeit anfangen sollen? Allein um die Welt reisen? Skurrile Hobbies pflegen? Oldtimer fahren? In einen Golfclub eintreten? Englisch für Senioren? Mich als Gasthörer in Kunstgeschichte an der Uni einschreiben? Nein, ich genoss mein ganz spezielles Privileg jeden Tag. Da stand diese Jugendstilvilla, Baujahr 1904, in die ich viel Geld und Zeit investiert, in der ich in der Beletage Praxisräume ala Sigmund Freud eingerichtet hatte, die noch einen Abglanz deutscher Hochkultur konservierten. Wenn ich morgens die geschwungene Eichentreppe aus dem zweiten Stock ins Hochparterre herabspazierte, um die mit floralen Motiven dekorierte Eingangstür aufzusperren, war mir behaglich zumute. Das Arbeiterkind, aufgewachsen in einer Bruchbude, war zum Besitzer einer Villa des Großbürgertums aufgestiegen, hatte diese mit erlesenen Antiquitäten dekoriert, manchen Strauß mit dem Denkmalschutz ausgefochten, dem ich zugutehalten musste, dass er ein kleines Restensemble über die Nachkriegszeit gerettet hatte, durch das die Besucher dieser ehemaligen Residenzstadt spazierten, unisono „ach, wie schön" ausriefen. 1945 hatten die Deutschen ihren 2. Weltkrieg und die Architekten ihren Verstand verloren. Oder wollten sie das Volk bewusst durch ihre Bausünden bestrafen, von denen die nächste Gott sei Dank in einhundert Meter Abstand mit schmuckloser Fassade vom Geist der Zerstörung der 50er und 60er Jahre zeugte. Noch in den 70ern wollten diese teuflischen Stadtplaner einer autogerechten Stadt den Schlosspark mit einer vierspurigen Einfallsstraße zerschneiden, hatten die Zeichnungen bereits in den Stadtrat eingebracht, wo die Mehrheit der auto- und motorenbesessenen sozialen Demokraten wohl zugestimmt hätte, doch da bildete sich ein Verein aus mehr als einhundert Honoratioren, der gemeinsam mit der Lokalpresse die Zerstörung des aristokratischen Erbes in letzter Sekunde verhindern konnte. Zwanzig Jahre hatten meine vier Kinder hier mit all ihren Freunden für Leben gesorgt, im Schlosspark auf kleinen Dreirädern Fahren gelernt, ihre staunenden Schulfreunde in das Spielzimmer im Turm meines kleinen Schlösschens eingeladen. Ehefrau tot, Kinder ausgeflogen, da wäre es skurril gewesen, ganz allein auf fast 500 qm Wohnfläche über vier Etagen zu residieren. Nur die Praxis im Erdgeschoss sorgte täglich für Publikum, wodurch der nicht billige Unterhalt steuerlich absetzbar blieb. Da ich nachts selten länger als fünf Stunden schlafen konnte, hatte ich mich mit meiner Arzthelferin auf Sprechstundenbeginn für Berufstätige um 7.00 Uhr geeinigt, mit einer Taktung, die dreißig Minuten für Wiederkommer vorsah, eine Stunde für neue Patienten. In dieser einen Stunde spielten sich Dramen ab, genauer gesagt waren es 50 Minuten, denn zwischen den Terminen musste ich dokumentieren, spätestens nach jedem zweiten einen heißen, stark gesüßten Arabica-Bohnen-Espresso aus der vorgewärmten speziellen kleinen Tasse trinken, um nicht während der Sitzung einzunicken - die nächtliche Insomnie *(Schlaflosigkeit)* forderte ihren Tribut. Mehrmals hatten mich Klienten mit Bemerkungen geweckt, wie „Herr Doktor, schlafen sie?" oder etwas weniger freundlich „Hallo, aufwachen, Herr Doktor!" Das hatten sie nicht verdient, schütteten die Menschen doch ihr Herz aus, weshalb ich auch nach fast vierzig Berufsjahren immer noch interessiert zu lauschen hatte, deshalb der übermäßige Koffeingenuss mit einer Zuckerinfusion. Nicht selten empfing ich Notfälle spät abends oder am Wochenende, VIPs *(very important persons, Prominente)* saßen mir dann schon einmal schluchzend am Kaminfeuer gegenüber. Sie konnten sich auf die eiserne Einhaltung der ärztlichen Schweigepflicht wie auf das Beichtgeheimnis verlassen. Bei mir würde es nie eine elektronische Patientenkartei auf einem an das Internet angeschlossenen Computer geben. Meine fast kalligraphischen Aufzeichnungen wanderten abends in einen fest verschlossenen Stahlschrank. Seitdem osteuropäische Berufsverbrecherbanden – die EU machte das möglich – vagabundierend durchs Land zogen, wusste ich die vom reichen jüdischen Vorbesitzer in unruhigen Zeiten nach dem Ersten Weltkrieg angebrachten schmiedeeisernen Fenstergitter im Erdgeschoss zu schätzen, hatte selbst mit einbruchhemmender Technologie nachgerüstet. Der Zeitgeist der Grenzenlosigkeit mit seiner Fremdenüberhöhung zwang den weniger hartgesottenen Teil der Alteingesessenen zur Errichtung teurer Abwehr in und um ihre Häuser, was leider mentale Folgen hatte, erlebte ich doch die Buntheit in der nahen Fußgängerzone zunehmend als Bedrohung. Jeden Morgen wurden rumänische oder bulgarische Berufsbettler in die Stadt gekarrt, Vorboten ihrer härter gesottenen Verwandten, die es nicht bei optischer Belästigung bewenden lassen würden. Seit Rudel junger Männer mit westasiatischem Erscheinungsbild jede Woche Raubüberfälle am helllichten Tag begingen, gelegentlich Frauen in die Rhododendronbüsche des Schlossparks zerrten, trug ich einen speziellen Regenschirm bei mir, dessen massiver Stahlstab wie ein Degen mit scharfer Spitze endete, im Internet wahrheitswidrig als nicht verboten beworben, obwohl doch eine getarnte Hieb- und Stichwaffe in einem hübschen Futteral steckte. Was die Amerikaner sich nicht so alles einfallen und von den Chinesen bauen ließen. Zum Einsatz musste sie gottlob bisher nicht kommen.

Zwar war ich nach der psychotherapeutischen Weiterbildung aus der Sekte der Psychoanalytiker ausgetreten, aber deren Techniken nutzte ich weiter, schuf durch meine Präsenz im aus der Zeit gefallenen Konsultationszimmer eine Atmosphäre, die das ganz Besondere dieser Vier-Augen-Gespräche transferierte. Hier war Alter nicht von Nachteil, nein, graues Haar, randlose Brille, ein dreiteiliger dunkler Maßanzug, blütenweißes Hemd, dazu eine dezente Krawatte suggerierten dem Klienten Kompetenz, befeuerten seine Sehnsucht nach weisen Deutungen seiner Misere durch einen Meister. Ich praktizierte keine hochfrequente Psychoanalyse mit täglichen 50 min Sitzungen, in denen der Klient liegend frei assoziierend Träume schildern sollte, die der Analytiker bei weitgehend sprachloser Abstinenz vielleicht am Ende der Stunde mit einem Satz deutete, woran der Klient dann bis zum nächsten Tag knabbern durfte. Nein, diese Analyse der Wiener Schule um Sigmund Freud war nur etwas für ganz, ganz wenige Intellektuelle. Ich konnte und wollte meine Patienten für eine solche Prozedur nicht handverlesen, sondern passte das Setting ihren intellektuellen Möglichkeiten an, die eine Stunde auf der Couch zur Qual werden ließ, weil ihnen nichts einfiel, das Schweigen des Therapeuten gar bedrohlich wirkte. 30 Minuten im Sitzen sollten eine angemessene Dosis sein. Nur die erste Sitzung durfte länger dauern, reichte oft für die biographische Anamnese *(Krankengeschichte mit Lebenslauf)* nicht aus. Auch ein einfach strukturierter Landwirt aus der Wesermarsch fand dann Worte für Erlebnisse der frühen Kindheit, deren Schilderung ihn entlastete, mich bildete. Freuds Diktum, dass der Mensch jenseits des 40. Lebensjahres von der Analyse nicht mehr profitieren könne, war insofern falsch, als der Meister die Wirkung bloßer verbaler Katharsis *(Läuterung der Seele)* in Gegenwart eines aufmerksamen Zuhörers unterschätzt hatte.

Anfang der 90er Jahre kamen sie noch zahlreich in meine Sprechstunde, die Jahrgänge 1920 und jünger, waren jedes Mal verblüfft, wenn ich nachhakte, mehr aus ihrer Kindheit erfahren wollte, einer dunklen Zeit für viele seit 1929, für alle spätestens 1945 mit dem Ende ihres Dritten Reiches. So wie das fluide Gedächtnis *(Neugedächtnis)* dieser Sechzig- bis Achtzigjährigen unerbittlich nachließ, so arbeitete ihr kristallines *(Altgedächtnis)* umso wirkmächtiger. Die Schilderungen waren derart präzise, dass ich am Wahrheitsgehalt keine Zweifel hegte, zumal keiner dieser Patienten sich von der Dokumentation erlittenen oder begangenen Unrechts irgendeinen Vorteil versprach. Niemals flatterte im Verlauf der Therapie eine Anfrage der Versorgungsämter, Pflegekassen oder Rentenversicherungsträger auf meinen Schreibtisch. Individuelle Schuld hatte sie in einer kollektiven Katastrophe ereilt. Je mehr ich von diesen Geschichten hörte, umso besser begann ich zu verstehen, warum innerhalb nur einer Generation dieses Volk zweimal den Weg in den Abgrund gegangen war. Diese alten Männer beichteten mir, dem Vierzigjährigen, suchten eine Art Absolution, dabei trennte uns biologisch und historisch an Jahren nur ein Wimpernschlag im Tränenfluss der Geschichte. Gegen Ende meiner Zeit als Psychiater waren sie fast alle tot, nur ihre Erzählungen wie die folgenden führten in meinem Hirn ein Eigenleben.

2.   Wovon Franz fast jede Nacht träumte

Franz O., Jahrgang 1930, war im schlesischen Grenzgebiet aufgewachsen, hatte von seinen polnischen Spielkameraden, deren Väter auf dem Gutshof arbeiteten, so viel Polnisch aufgeschnappt, dass er diese schwierige slawische Sprache verstehen und etwas holprig sprechen konnte, was ihm 1945 wahrscheinlich das Leben rettete, denn er trug beim Einmarsch der Roten Armee seine HJ-Uniform, wurde in eines der polnischen Internierungslager gesteckt, in denen während der folgenden Monate tausende Deutsche ermordet werden sollten. Franz war dem Wachpersonal als sehr freundlicher, hübscher Junge ob seiner Polnischkenntnisse nützlich, ein kleiner Arier, der im täglichen Kampf um eine Kartoffel oder ein Stück Brot überleben wollte, auf Kommando die Leichen der Erschlagenen oder Erschossenen an den Füßen in einen Graben schleifte und mit Erde bedeckte. Was er mir an seinem fünfundsiebzigsten Geburtstag berichten musste, hatte Langzeitwirkung: „Herr Doktor, es gab im Lager getrennte Baracken für Frauen und Männer. Wenn die Wachmannschaft abends getrunken hatte, holte sie junge Mädchen, die mussten sich dann nackt ausziehen, zu Musik auf dem Tisch tanzen. Danach haben sie sie auf den Tisch gelegt und vergewaltigt, gleich zehn, zwanzig Männer hintereinander. Dazwischen musste so ein junges Ding immer wieder auf dem Tisch tanzen. Einer gelang es während dieser Quälerei aus der Baracke zu flüchten, sie kam splitternackt in unsere Männerbaracke gelaufen, schrie um Hilfe. Ich sehe noch ihre für ihr Alter großen Brüste hin und her fliegen, als sie über unsere Pritschen sprang, weil die betrunkenen Polen sie jagten, am Ende an Armen und Beinen packten, sie lachend zurück auf den Tisch schleiften. Dieses schöne Mädchen mit ihrem kurz geschorenen blonden Haar holten sie sich wohl jede Nacht, ließen sie zum Spaß nach einer Woche wieder entkommen, jagten sie, schossen, um sie in unserer Baracke zu erlegen, was vor meiner Pritsche geschah. Sie stachen mit Bajonetten in ihren nackten Körper, dass das Blut bis unter die Decke spritzte. Ich werde diesen Anblick nicht los. Was sollte ich machen? Hätte ich versucht, sie zu beschützen, hätten sie mich abgestochen." Mir liefen die Tränen. Ich stand auf, nahm den alten Mann fest in den Arm, drückte ihn eine Minute, setzte mich: „Herr O., das ist so furchtbar. Nein, sie konnten nichts machen." Die Sitzung war beendet. Kann man solche Traumata mit den Mitteln der Psychologie, einer Redekur bearbeiten? Manche Kollegen glaubten das. Gegen die depressive Symptomatik wollte er kein Antidepressivum schlucken. Ich verordnete in der nächsten Sitzung 12.5 mg Quetiapin als „Einschlafhilfe", was Franz von Ein- und Durchschlafstörungen prompt befreite, off–label (außerhalb gesetzlicher Zulassung, weshalb ich mit einem Regress seiner Krankenkasse rechnen musste) aber segensreich. Dass er nach einigen Wochen die Dosis auf 25 mg steigerte, war für mich o.k., seine Lebensgeschichte nach acht Sitzungen auserzählt. Da er für jeden Termin über eine Stunde im Auto fuhr, bat er im Winter um eine Pause. Die depressiv-ängstliche Symptomatik hatte sich seinem Hamilton-Depressions-Score nach von 20 auf 10 Punkte gebessert. Er würde sich melden, wenn es ihm schlechter gehen sollte. Einen kleinen Teil seines Kummers trug ich von nun an in mir – projektive Identifikation nannten Psychoanalytiker dieses Phänomen.

3. Erwin und das Unternehmen Barbarossa

Erwin S., Jahrgang 1920, war da von einem anderen Kaliber, hatte er doch als 18jähriger die HJ-Uniform gegen die Wehrmachtsuniform getauscht, sich freiwillig gemeldet, weil er aus der Enge seines Dorfes heraus wollte, wo die Malerlehre ihm abends nach den Tagen des Pinselns auf der Leiter nur lahme Beine aber keine Abenteuer bescherte. Die schienen ihm in seiner Begeisterung für Motorräder bei den Kradmeldern zu winken. Auf einem überschweren Wehrmachtsgespann, einer Zündapp oder BMW durch das Gelände pflügen, 1939 im Rudel der Kameraden auf Beutezug fahren, angefeuert von der Aussicht, mit Tempo den Willen des Führers in die Tat umzusetzen. Ein Neunzehnjähriger hielt sich für unsterblich, fuhr aufgepeitscht vom Pervitin in der Panzerschokolade todesmutig durch dichten Kugelhagel über osteuropäische Weiten, um den Slawen ihr Land mit der Faust zu entreißen, wie sein Führer es schon 1926 in „Mein Kampf" gefordert hatte. Ich dachte an junge Deutsche, die sich fünfzig Jahre später unter Chrystal Meth (das ist Metamphetamin/Pervitin) ähnlich von Sinnen im Rudel zum Stakkato der Techno-Bässe ekstatisch die Seele aus dem Leib tanzten. Nur dass heute anders als 1939 nicht 15 000 von ihnen bei einem solchen Tanz innerhalb weniger Tage ins polnische Gras bissen, was Erwin damals nicht zu denken gab. Die nächsten achtzehn Monate als Besatzer im Osten gerieten schon fast langweilig, bis es im Juni endlich wieder losging mit dem Unternehmen Barbarossa. Den älteren Kameraden war mulmig beim Überschreiten des Grenzflusses Bug, Erwin überhaupt nicht. Erst im Winter 1942 verlor er seinen Glauben an den Sinn dieser Eroberung von Lebensraum im Osten und das kam so: „Wir waren mit zehn Kameraden unterwegs, zu Fuß, weil uns der Sprit ausgegangen war. Minus zwanzig Grad. Wir kamen in eines dieser kleinen russischen Dörfer mit ihren Holzhäusern. Fast am

Erfrieren haben wir an die Tür des größten Hauses mit den Gewehrkolben geschlagen. Es war schon nach Mitternacht. Als die Tür aufging, sind wir reingestürmt, ein Kamerad, der ein paar Brocken Russisch sprach, hat den Bewohnern gesagt, sie bräuchten keine Angst haben, wir wollten nur ein paar Stunden ausruhen. Da saßen ein alter Mann und vielleicht fünf Frauen, die um den großen Ofen herum ihr Nachtlager aufgeschlagen hatten. Wir legten uns auf den Fußboden, zogen die Stiefel von unseren erfrierenden Füßen, machten einigen Lärm dabei. Das hat das Baby in seinem Körbchen auf dem Ofen wach gemacht. Es fing an zu schreien. Die Mutter nahm es herunter, versuchte es zu beruhigen, gab ihm die Brust, aber es schrie und schrie. Wir waren total fertig, wollten eine Mütze Schlaf tanken, um bei Tageslicht irgendwie den Anschluss an die Kompanie zu finden. Das Baby schrie in einem fort. Ich bin aufgestanden, habe das Bündel der Mutter aus dem Arm genommen und vor die Tür gelegt. Jetzt war Ruhe, wir konnten endlich schlafen. Die Russen guckten nur, sagten nichts. Als ich morgens als Erster erwachte, dachte ich an das Baby, stand auf, guckte in das Körbchen, aber da war keines. Ich fand es vor der Tür – blau gefroren. Tot. Ich guckte der Mutter ins Gesicht, die heulte. Ein Kamerad sagte noch, nicht schön, aber was soll`s. Wir sind dann raus in einen eiskalten, klaren Morgen weiter Richtung Stalingrad gestapft." Erwin liefen die Tränen, ich atmete schwer durch.

4.   Ein unlustiger Witwer I

Seit dem Tod meiner Frau nach fast vierzig Jahren Ehe kam ich aus einem miserablen Verharren nicht mehr heraus, geriet mit depressiven Patienten in starke Resonanz. Die, denen es noch schlechter ging als mir, waren ein Trost, halfen mir durch den Praxisalltag. Auch die Wochenendroutine ließ ich nicht ausfallen. Jeden Sonntag trafen sich vier Kollegen eines Streichquartetts, für die ich den Klavierpart übernahm. Dafür hatte ich ein Musikzimmer eingerichtet, das neben einem Stutzflügel ausreichend Platz für kleines Publikum bot, denn unser Üben gipfelte jedes Jahr in einem Weihnachtskonzert für Familie und Freunde. Um der Arzthelferin einen Sommerurlaub zu ermöglichen, schloss ich die Praxis drei Wochen, wusste dann wenig mit meiner Zeit anzufangen. Nach einsamen Reisen stand mir nicht der Sinn. Weil Sport guttat, intensivierte ich in diesen Wochen das Triathlon-Training, sauste auf dem Fahrrad zum See, durchquerte ihn kraulend, umrundete das Naturschutzgebiet hechelnd, um abends im scharfen Kontrast stundenlang schwierige Klavierpassagen zu üben. Dann kam an einem Sonntag der panische Anruf meines Sohnes, der gerade seine Hausarztpraxis in einer Kleinstadt knapp eine Stunde entfernt eröffnet hatte: „Papa, meine erste Kraft hat sich krankgemeldet. Die nächsten Tage ist der Bestellkalender proppe voll. Meine zweite Kraft schafft das nicht. Du weißt, sie spricht nur gebrochen Deutsch, ist nicht die Hellste. Ich weiß, dass das eine Zumutung ist, du hast Urlaub, aber könntest Du aushelfen? Ich meine nur Rezeption, Telefon. Ich zahl Dir auch was dafür." Merkwürdigerweise fand ich sofort Gefallen an einem Notfalleinsatz als Arzthelfer in meinem einsam-öden Urlaub, zumal ich dann einige Tage abends wieder Kontakt zu den Enkelkindern hätte. Zu Junior hatte ich ein zwiespältiges Verhältnis, aber gerade erwischte er mich auf dem richtigen Fuß: „O.k. Ich habe heute noch meine Musikfreunde zu Gast, könnte morgen um 7.30 Uhr bei Dir aufschlagen. Ihr arbeitet noch mit dem alten System?" Ja, wenn auch in einer neuen Variante dieses Praxisverwaltungsprogramms. Er wollte mir die zehn wichtigsten neuen Menüpunkte aufschreiben, damit ich den Bestellkalender führen, die Chipkarten einlesen konnte.

Mein Verhältnis zu Sohn Jasper und seiner Frau Ellen hatte sich seit dem Tod seiner Mutter entspannt, was etwas damit zu tun hatte, dass

Gemütsschwankungen die beiden in Wellen erwischten. Waren Wut und Verzweiflung verraucht, kehrte der Alltag zurück, leider nicht ohne die Spuren hasserfüllter Ausbrüche, denn was sie mir da so an den Kopf geworfen hatten, hinterließ Narben. Ich tröstete mich mit dem Gedanken, dass Eltern nun einmal mit den Kindern leben mussten, die sie in die Welt gesetzt hatten. Der Apfel fällt nicht weit vom Stamm – und tatsächlich dachte und agierte Jasper wie sein unverträglicher Vater. Pech, dass er nicht zu 50% die außergewöhnliche Verträglichkeit seiner Mutter geerbt hatte.

5.   Abschweifung: Es läuft nicht wie im Arztroman

Auf den verschlungenen Weg des Abstiegs aus einer Großstadt in eine Kleinstadt sechzig Autominuten entfernt, den Jasper stolperte, will ich ein paar Zeilen verschwenden, offenbart sich darin doch eine Realität, die meilenweit entfernt ist von der fantastischen Arztwelt der Fernsehserien, ähnlich der Diskrepanz zwischen Fernsehkrimis und alltäglicher öder Polizeiarbeit. Wollte ich nicht einen realistischen Arztroman schreiben, der das Umfeld beleuchtete, in dem ich vierzig Jahre emsig tätig gewesen war? Dass ich bald in einer Art fantastischer Fernsehkrimiwelt landen würde, war eine besondere Ironie des Schicksals. Jasper schreckte die vielfältige Konkurrenz in einer mit Ärzten durch die medizinische Fakultät überversorgten Universitätsstadt. Kommt im Film auch nicht vor: zu viele Ärzte. Hier war die Servilität eines österreichischen Kaffeehaus-Kellners („Küss die Hand, gnädige Frau. Haben`s noch a Wunsch?") gefragt, um mit kleiner Fallzahl zu prosperieren. Jasper ging solche Geschmeidigkeit ab, was er sogar empirisch überprüfen konnte, als ein Kollege Ende Sechzig mit einem kleinen Herzinfarkt auf seiner Station landete. Beide verstanden sich am Krankenbett spontan. Kollege B. suchte bereits aktiv einen Nachfolger für seine Innenstadtpraxis. Jasper spekulierte auf einen Kassenarztsitz in der ansonsten gesperrten und überversorgten Universitätsstadt, die seit Jahrhunderten die Klugen magnetisch anzog: Stadtluft macht frei! Mit der Einschränkung, dass diejenigen, die in die Freiheit der Stadt eingezogen waren, sofort begannen, diese für Neuankömmlinge drastisch einzuschränken. Im Fall der Ärzte dachten sich die Besitzstandswahrer die „Bedarfsplanung" aus, um sich lästige Konkurrenz vom Halse zu halten, eine Art mittelalterliches Zunftwesen. Kein Arzt durfte so einfach in einem durch die Verwaltung gesperrten Bezirk sein Schild an die Tür hängen, um seine Dienste anzubieten. Erst wenn ein Alteingesessener ausschied, durfte ein Neuankömmling nachrücken, dafür erwartete der Alte in der Regel eine ordentliche Abstandszahlung. Für die bloße Kassenzulassung war mitunter ein sechsstelliger Betrag fällig. Der kränkelnde ältere Kollege bot Jasper zum Kennenlernen eine Praxisvertretung für eine Woche an, die denkwürdig verlief. Die Praxis im ersten Stock eines dreihundert Jahre alten Gebäudes unter Denkmalschutz hatte Charme, bei offenem Fenster hörte man das Geschnatter der Gäste in den Straßencafés der Fußgängerzone. Man war mittendrin und auf keinen Fall überlastet. Kollege B. hatte es mit äußerster Servilität innerhalb von drei Jahrzehnten nur zu 700 Stammpatienten gebracht. Um aus einer solchen kleinen Fallzahl (der Landesdurchschnitt lag bei 1000 Fällen, Arbeitstiere unter den Landärzten rechneten 2000 ab) dennoch einen akzeptablen Gewinn zu ziehen, hatte er sich auf hypochondrische ältere Damen spezialisiert, denen er Eigenblutbehandlungen, Bioresonanz, Homöopathie und Akupunktur buchstäblich verkaufte. Selten erschien mehr als ein Patient pro Stunde, Jasper musste kein einziges echtes internistisches Problem in dieser denkwürdigen Woche obskurer Medizin lösen. Sollte er seine Kompetenzen in der Psychosomatik und Alternativmedizin erweitern, charmanter Arzt für die „worried well" *(besorgten Gesunden)* der alternden grünen Szene werden? Der Apotheker, dem das

Baudenkmal gehörte, machte ihm das verführerische Angebot der Mietfreiheit, ich entwickelte einen Strategieplan der langfristigen Umsteuerung auf evidenzbasierte Hausarztmedizin, weil es durchaus möglich war, naturwissenschaftlich orientierte Patienten und mystisch denkende in einer Praxis zu versorgen. In diesem Findungsprozess beging der etwas wunderliche Kollege B. einen kleinen Fehler, der durch Jaspers Hoffart im Desaster endete: Er schaltete seinen Steuerberater in die Praxisübergabeverhandlungen ein. Dieser mit geringer Denkkraft sowie wenig Urteilsvermögen gesegnete Betriebswirt-FH (Fachhochschulabschluss, also besserer Realschüler) kalkulierte einen völlig unrealistischen Praxiswert, hatte B. damit einen Floh ins Ohr gesetzt, wogegen Jasper beim Anblick des in die Jahre gekommenen Inventars inklusive eines antiken Ultraschallgeräts eher an einen symbolischen Betrag im untersten fünfstelligen Bereich gedacht hatte. Die Dummheit seiner beiden Gegenüber reizte ihn im Gespräch derart, dass er laut auflachte und den Raum verließ – Jähzorn, der Psychiater nennt es mangelnde Impulskontrolle, lag in der Familie. Für B. ging das schlecht aus, denn es fand sich so rasch kein weiterer Bewerber, seine Gesundheit knickte erneut ein, weshalb er die Praxis immer öfter schließen musste, was die Fallzahl gegen Null senkte, er von der Kassenärztlichen Vereinigung wegen fehlender Behandlungen sogar den Entzug seiner Zulassung angedroht bekam. Am Ende ist er einfach ausgezogen, um eine kleinste Auslaufprivatpraxis in seinem Wohnhaus zu führen. Die Zulassung fiel ganz ohne Zahlung an die Kassenärztliche Vereinigung zurück. Auch den Apotheker traf es hart, denn fortan gab es keine Rezepte mehr aus dem ersten Stock. Jaspers Gemüt verdunkelte sich für Tage, die Großstadt war für eine kurze Zukunft verbrannt, weshalb er weglief, sich während der Vertretung eines weiteren jüngeren Kollegen (dem waren plötzlich im Herzen Muskelfäden gerissen) drei Wochen lang das Wirken eines

Dorfarztes anschaute, was ihm zusagte. Die Landbevölkerung mit wenig zufrieden, tolerierte einen Arzt, der nicht säuselte, sondern bellte. Wie meistens im Leben, entschied nicht Intelligenz oder Ausbildung über den beruflichen Erfolg, sondern der Charakter. Um Jasper durch geschärfte Selbsterfahrung für die anstehenden Entscheidung zu helfen, hatten wir gemeinsam meinen alten Freund Peter besucht, mit dem ich nicht nur das Studium, sondern auch meine langjährige erste Partnerin Birgit geteilt hatte, worüber wir kein Wort mehr verloren. Birgit war ein erotomanischer Feger gewesen, der eben nicht nur mich glücklich gemacht hatte. Peter, erster Akademiker in der Familie, hatte sich auf dem zweiten Bildungsweg aus kleinbürgerlichen Verhältnissen an das Medizinstudium herangerobbt. Sein Vater, ein pedantischer Kauz, schied in einem kleinen Dorf als Postbote durch Freitod aus dem Leben, ohne einen Psychiater konsultiert zu haben. Dazu hatte er eine Eiche im nahen Wald penibel vorbereitet, mit einer Säge störende Zweige vom ausgewählten dicken Ast entfernt, an den er fachkundig den Henkerstrick band, sich tapfer um den Hals legte, dann mit einem autoaggressiven Schritt von der Anstellleiter sein Leben mit einem kurzen Zappeln in voller Postbotenuniform ordentlich terminierte. Sohn Peter hatte solche Aggression bisher nicht gegen sich selbst gerichtet, sondern geriet im Groll mit seinen Mitmenschen derart aneinander, dass seine Facharztausbildung zum Chirurgen daran scheiterte. Die täglichen kleinen Konfrontationen mit Chef- und Oberärzten in einer Disziplin, in der sich männliche Toxizität sammelte, endeten für Peter in einer beruflichen Sackgasse, denn ohne das Wohlwollen der alten Silberrücken war der obligatorische Operationskatalog für die Facharztprüfung einfach nicht abzuarbeiten. So musste er nach vielen Arbeitgeberwechseln frustriert zum Hausarzt mutieren mit Patienten, deren tägliche kleine Sorgen seinen Ärger über die Menschheit geradezu anstachelten. Nach zehn

Jahren am Operationstisch fehlten ihm Kenntnisse der Diabeteseinstellung und in der Pharmakologie, die 99% seiner Patienten forderten. Es gab nichts zu operieren. Jeder, der mit dem Anliegen „gelber Schein" in seiner Sprechstunde auftauchte, hatte bereits verloren, erhielt seine Arbeitsunfähigkeitsbescheinigung zusammen mit der non-verbal kommunizierten Botschaft „ich verachte dich, du Simulant". Jasper war beeindruckt von den funktionalen Praxisräumen in einer beschaulichen Kleinstadt, aber schockiert, dass bei den vielen Sprechzimmern nie mehr als 700 Patienten im Quartal behandelt wurden, Peter dazu triumphierend posaunte: „Zwanzig Stunden Sprechzeiten, mehr sind es nie in der Woche und freitags schließen wir um 11.00 Uhr ab, dann gehe ich mit Bettina ins Café brunchen." Finanziell kam Peter dadurch über die Runden, dass seine Schwiegereltern einen Bauplatz spendiert hatten, die Mitbetreuung der Enkelkinder übernahmen, sodass seine Ehefrau und gelernte Krankenschwester Bettina kostengünstig eine Arzthelferin in der Praxis ersetzen konnte, mit ihrem Charme so manchen Patienten wieder aufbaute, den ihr bärbeißiger Gatte gerade zusammengefaltet hatte. Nur einmal sank ihm das Herz in die Hose, als genau schräg gegenüber seiner Praxis eine spätausgesiedelte russische Kollegin ihre Hausarztpraxis eröffnete, um alle Patienten an ihren riesigen slawischen Busen zu drücken. Schlagartig verlor Peter von seinen 700 Patienten 300, schrieb rote Zahlen. Sein Glück, dass die Russin es mit der liebevollen Zuwendung übertrieb, ihre Patienten oft stundenlang im überfüllten Wartezimmer brüten mussten. Es setzte eine Rückwanderung der Menschen ein, die sich für einen „gelben Schein" inklusive Tritt in den Hintern ohne Wartezeit entschieden hatten, damit gegen einen „gelben Schein" nach einer Stunde Wartezeit plus einer halben Stunde Geplauder über Gott und die Welt mit der Krönung minutenlanger Abschiedsumarmung. Jasper urteilte über Peter treffend hart: „Der Mann hat den falschen

Beruf gewählt." Und ich dachte mir „Jasper, du bist dem Peter so ähnlich." Weil Jasper wie Peter unter den Konflikten in den Klinikshierarchien bis zur akuten Belastungsreaktion litt, hat er ebenfalls den Notausgang in die eigene Praxis gewählt, den er wie sein Vater minutiös vorbereitete. Was ihm im geschmeidigen Umgang mit den Mitmenschen fehlte, hatte er mit Blick für Finanzen und Organisation voraus. So startete der Praxisbetrieb pünktlich mit vom ersten Tag an gefülltem Bestellkalender, kein Kunststück, denn die Konkurrenz am Ort praktizierte denkbar schwach. Die alten Hasen waren zu verbitterten Zynikern geworden, die jedes Mal mit offenem Mund schockiert mit Schnappatmung reagierten, wenn sich unter ihren 2000 Routinefällen im Quartal doch die eine oder andere medizinische Katastrophe ereignete, die sie mit ihrer schwindenden medizinischen Kompetenz bei zunehmender Gleichgültigkeit schlichtweg übersehen hatten. Die ausländischen Kollegen behandelten ihre ethnischen Minderheiten, dem einen oder anderen deutschen Kollegen hätte eigentlich wegen Drogenmissbrauch, Demenz oder sexueller Übergriffigkeit seit langem die Zulassung entzogen werden müssen.

6.   Ein (un)lustiger Witwer II

Wie vorhergesagt, Jasper praktizierte in der Kleinstadt als einäugiger König unter Blinden. Ein König, dem seine Bediensteten allerdings schon einmal durch längeren Krankenstand abhandenkamen. Amirah, seine Zweitkraft, Krankenschwester mit Migrationshintergrund aus dem Libanon, war nach Geburt ihrer kleinen Tochter aus dem Kliniksdienst mit Wochenend- und Nachtarbeit ausgeschieden. Mit scharf geschwungener Adlernase, brauner Haut und pechschwarzer Mähne sah sie aus wie die Inkarnation von Tausend-und-eine-Nacht, der ich nur zu gerne mindestens einmal pro Stunde ein Kompliment machen musste, was sie jeweils mit einem spöttischen Lächeln quittierte. Blickten junge Araberinnen anders auf alte Männer als Europäerinnen? Ich redete sie mit „Amirah, Sie …" an und sie mich mit „Doktor, Sie …" Einmal holte sie abends Ehemann Ahmer ab, der ihre kleine Tochter im Schlepptau hatte. Die Kleine war süß, der Ehemann stark übergewichtig, schwitzend, kahlköpfig mit riesigen braunen Glubschaugen, die nervös hin und her wanderten. Warum weckten semitische Männer mit Vollbärten und androgenetischem Haarausfall negative Gefühle in mir, deren Frauen dagegen Begehren? Schnell habe ich aus dem kleinen Geschenkekarton für Kinder ein Überraschungsei hervorgeholt, der Kleinen in die Hand gedrückt. Ganz wichtig: Das Herz der Mütter öffnet sich über die Zuwendung zu ihren Kindern. Sicher konnte ich mir bei Amirah nicht sein, aber ich glaubte so etwas wie ein zweideutiges Interesse an einem Witwer zu spüren, für den es seit vier Jahren nur noch Sex mit sich selbst gegeben hatte. Als Jasper an einem Mittwoch kurz vor Ende der Sprechstunde zu eiligen Hausbesuchen ins Altenheim aufgebrochen war, begann Amirah am PC die Tageslisteneinträge abzuarbeiten. Ich rutschte mit meinem Bürostuhl auf Rollen nah an ihre Seite, guckte ihr aus wenigen Zentimetern Abstand lächelnd ins Gesicht, sprach mit leiser Stimme aus, was ich ehrlich fühlte: „Amirah, Sie sind wunderschön. Deine Augen, dein Haar, was würde ich darum geben, dir zu gefallen." Sie holte tief Luft, riss die Augen weit auf, wich aber zurück, sodass mein versuchter Kuss missglückte, irgendwie in der Luft landete. Es pochte heftig in meiner Brust und an der gläsernen Eingangstür der Praxis, wo der Paketbote eine ganze Sackkarre voller Kartons quittiert haben wollte. Kaum war die Tür zu, murmelte ich „Entschuldigung". Sie schüttelte nur den Kopf, lächelte dabei hintergründig. Schade, dass die zweite Arzthelferin bereits drei Tage später wieder ihren Dienst antrat. Andererseits wäre eine Affäre von potenziell tödlichem Kaliber gewesen. Ich fantasierte schon die Schlagzeile in der Regionalzeitung auf Seite 1: „Ehrenmord in

Arztpraxis?" Aus den Augen - aus dem Sinn. Einen dünnen Draht der Verehrung hielt ich dadurch gespannt, dass ich mir die Kleidchengröße ihrer Tochter aufgeschrieben hatte. Einmal im Monat schlenderte ich in den Second Hand Laden „Kleiner Muck", suchte ein schönes Stück für die Kleine aus, was nie mehr als zehn Euro kostete, packte es in einen braunen Umschlag, den ich per Post mit der Aufschrift „Amirah Abdelkader – persönlich" an die Praxis sandte. Gut, da gab es sicher DNA-Spuren am Umschlag, aber niemand verdächtigte mich eines Kapitalverbrechens. Auf Amirahs Schweigen konnte ich mich wohl verlassen. Jasper würde ich noch vor dieser Konstellation - dynamischer Praxisinhaber im besten Mannesalter umschwärmt von blutjungen Arzthelferinnen - warnen müssen, denn Scheidung stand an der Spitze der Gründe für Privatinsolvenz unter niedergelassenen Medizinern. Was konnte dem vorbeugen? Jeden Morgen nach dem Erwachen kurz das Sechste Gebot beten? Wie gingen andere Männer mit einer solchen Situation um, in der Scheidung keine Option war? Mein erotomanischer arabischer Kollege hatte es auf einem Nachbardorf fertiggebracht, unentdeckt eine Zweitfamilie zu gründen, nachdem in erster Ehe eine etwas einfältige Arzthelferin seinen amourösen Gelüsten nicht mehr genügte. In seiner alten Heimat Syrien kaufte er in Latakia ein wunderschönes Ferienhaus mit Meeresblick, um dort von einem Schlupfloch muslimischen Männerrechtes zu profitieren: der Zeitehe mit jungen Prostituierten für wenige Stunden. Bis der notorische arabische Bürgerkrieg auch hier losbrach, wohlhabende Auslandssyrer nicht mehr in den Hexenkessel ihrer alten Heimat pendeln mochten, wo man schneller als gedacht in Folterkellern der Geheimpolizei verschwinden konnte. Die arabische Welt war in Aufruhr. Als Jasper einige Monate später über arabischen Schlendrian in Gestalt von Amirah klagte, ihr am liebsten kündigen wollte, erwachte wieder exotisches Begehren. Zu diesem Zeitpunkt schleppte sich meine Perle an der Anmeldung nur noch durch ihren Arbeitstag. An einer spätmanifesten Multiplen Sklerose erkrankt, konnte sie zwar mit Gehhilfen kurze Strecken laufen, litt aber unter einer raschen Erschöpfbarkeit, die sie kaum acht Stunden durchhalten ließ. Wir einigten uns auf Krankschreibung und Rentenantrag. Da Amirah keinen Groll gegen mich hegte, bot ich ihr eine Stelle an, was sie nicht bereuen sollte, denn meine erotischen Fantasien ließ ich mir etwas kosten, spendierte ihr einen kleinen Dienstwagen inklusive Tankkarte plus reservierten Parkplatz an der Praxis. Hatte ich nicht zeitlebens von einem Harem geträumt? Aber ich war nun einmal kein Sultan und wir lebten nicht im Orient. Warum kann das erotische Bedürfnis nicht auch bei alten Männern genauso friedlich einschlafen wie bei alten Frauen? Die junge Frau Amirah mochte über nur geringe kognitive Fähigkeiten verfügen, das flirtive Repertoire der Erotik beherrschte sie perfekt mit einer Mimik, die mich bei jedem Lächeln für Sekunden in den geistigen Zustand eines Siebzehnjährigen versetzte, der seine erste Liebe anbetete. Auf jeden Fall wirkte sie wie ein hochwirksames Antidepressivum, das mich in einen euphorischen Zustand katapultierte. Weil ich Chanel Nr. 5 gerne roch, schenkte ich ihr einen Flakon.

7.   Kein Enkeltrick: Neffe Marvin steckt tatsächlich in der Bredouille

Dann kam dieser Anruf: „Onkel Ulli, äh, Marvin hier, kann ich Dich besuchen? Ich hab da ein Problem." Wann hatte ich ihn das letzte Mal gesehen? Vor fünf Jahren? Er musste Ende Zwanzig sein. Plötzlich dieser Gedanke: Enkeltrick? Schließlich stand ich mit einem altertümlichen Vornamen im Telefonbuch, ein potenzielles Opfer für türkische Brut, die ihr Aufwachsen in Deutschland befähigte, ihr Gastland aus Call-Centern in Izmir telefonisch zu terrorisieren und abzukassieren. Mit von der Partie bei dieser grausamen

Multimillionen Euro Betrugsmasche waren auch Roma-Clans, die von Polen aus Senioren mit Vornamen wie Hermann, Horst, Adolf, Josef oder Ida mit Schockanrufen in Angst und Schrecken versetzten, um ihnen ihre Ersparnisse abzuschwatzen. Ich: „Marvin, wie hieß euer erster großer schwarzer Hund?" Er: „Rieke". Test bestanden, es war Marvin, das schwarze Schaf in der Familie meines Bruders. Ich: „Bist Du in der Stadt?" Er: „Noch nicht, aber ich könnte mich in den Zug setzen, wäre in einer Stunde da." Ich: „Komm bitte direkt zu mir in die Schlossallee Hausnummer vier. Bis 18.00 Uhr habe ich noch Sprechstunde. Danach können wir zusammen Abendbrot essen." Er: „O.k." Marvin – das Produkt einer falschen Teenagerliebe, vor der meine Mutter ihren Sohn gewarnt hatte, was er ihr bis ans Lebensende übelnahm. Mutti hatte ihm gar die Schallplatte mit dem lustigen Hit „Der Apfel fällt nicht weit vom Stamm – schau Dir erst die Mutter an" in die Hand gedrückt. Zu spät. Die Natur hatte die Bombe der Verliebtheit in seinem Kopf gezündet. Aus diesem hypomanisch-wahnhaften Zustand kam er zwei Jahre lang nicht heraus. Alle meine vier Brüder hatten bei der Wahl ihrer Partnerinnen in sehr jungen Jahren heftig danebengegriffen. Wie sollte es auch anders sein, damals in den 70er Jahren, als alle Klassen- und Schichtenschranken eingerissen werden durften. In linken Kreisen galt es als gesetzt: Je ärmer und dümmer, umso wertvoller der Mensch. Was für ein epochaler Irrtum. Mein Bruder hatte für seine junge Liebe zur Servierkraft unserer Szenekneipe büßen müssen, war ihre wilde Ehe doch nach wenigen Jahren auseinandergegangen. Die beiden kleinen Kinder beließ die Mutter beim Vater, hatte mit ihrem neuen Schwarm drogenschwanger einen Roadtrip Richtung Afghanistan angetreten. Unsere Eltern mussten einspringen, kümmerten sich auch gerne um ihre Enkel, die schon im Alter von fünf Jahren durch einen sehr speziellen, ich möchte sagen maliziösen Charakter auffielen, ähnlich den Figuren Max und Moritz. Marvin nahm Gegenstände an sich, um sie zu verstecken. So versenkte er Autoschlüssel in einer Blumenvase. Pech für meinen Vater, dass es sich um den einzigen verfügbaren Schlüssel für einen geliehenen Wagen handelte. Weder die Auslobung einer Belohnung noch die Androhung von Prügel konnten Marvin erweichen, das Versteck des Schlüsselbundes preiszugeben. Wie hieß es so schön bei Wilhelm Busch: *Ja zur Übeltätigkeit war man jederzeit bereit.* Eine deutliche Hyperaktivität ging mit ausgeprägt oppositionell-trotzigem Verhalten einher. Eine intellektuelle Leuchte war er ebenfalls nicht, versagte in der Hauptschule, die er nach neun Jahren ohne Abschluss verließ. Dann klingelte die Polizei regelmäßig an der Haustür. Marvin tummelte sich in der Sprayer-, später Punker-Szene, schwänzte den Berufsschulunterricht, hatte keine Berufsausbildung begonnen, fuhr tagsüber auf einem Skateboard durch die Innenstadt, ließ sich Rasterlocken einflechten, Fleischtunnel und Tattoos stechen. Es wären ohne qualifizierten Hauptschulabschluss ohnehin nur eine Maler- oder Schlachterlehre in Frage gekommen. Weil sich zum Sprayen Drogenkonsum gesellte, schaltete sich das Jugendamt ein, veranlasste mehrmonatige Unterbringung in der Kinder- und Jugendpsychiatrie. Die Therapeuten waren ratlos, regten eine sündhaft teure Milieutherapie an. Marvin verbrachte drei Monate in der kanadischen Wildnis in einem Boot-Camp für schwererziehbare Systemsprenger, was ihn auch nicht läuterte. Nun klingelte er an meiner Haustür. Ich sah ihn auf dem Videobildschirm der Überwachungskamera im Eingangsportal neben der kleinen korinthischen Säule stehen mit einer voluminösen Rastafrisur, riesigen Springerstiefeln, Umhängesack über der Schulter. Als ich die schwere Eichentür öffnete, mochte ich den Jungen nicht umarmen, beließ es bei einem kräftigen Händedruck. Vielleicht hatte er Flöhe? „Danke, dass ich kommen durfte," murmelte er mit leiser, heiserer Stimme, sah sich beim Eintreten noch kurz mit einem Blick über die

Schulter nach der Straße um, wo nur die schweren SUVs der Nachbarn parkten, die Idylle des 19. Jahrhunderts mit ihrem Blech störten. Eine zeitlang hatte der Denkmalschutz die Pflasterung der hübschen Vorgärten toleriert, wodurch es Stellplätze für immer mehr Autos im Viertel gab. Ich führte Marvin in meine Wohnküche im zweiten Stock, legte eine Schürze um, begann Pellkartoffeln in Scheiben zu schneiden, die ich in Olivenöl röstete. Dazu gab es meine norddeutsche Spezialität Matjesfilet aus dem Rauch mit einer Honig-Senf-Sauce aus saurer Sahne, Zwiebeln, Apfel- und Gewürzgurkenstücken mit einer Prise Dill. Auch Marvin trug die Gene der fröhlichen Zecher in sich, weshalb wir mit Flaschen friesisch-herben Bieres anstießen. Was er mir beim Essen beichtete, ließ mir die Haare zu Berge stehen. Seit einem Jahr war er als Drogenkurier unterwegs, zwar nicht auf die ganz harte Tour als Muli mit verschluckten Kokainpaketen per Flugzeug von Bogota nach Madrid, aber doch in PKW, Fernreisebus oder Regionalexpress mit strafrechtlich relevanten Mengen aus Antwerpen in die Bundesrepublik. Die, die die Cannabis- und Koks-Pakete an seinem Körper oder in Leihwagen versteckten, gehörten zur Mokro-Mafia der Niederlande, einer durchgeknallten Truppe Marokkaner und südamerikanisch-indigener Berufsverbrecher, die ihre Rechnungen durch Auftragskiller auf offener Straße in den ach so liberalen Niederlanden oder Belgien begleichen ließen, den belgischen Justizminister und niederländischen Premier Mark R. auf ihre Entführungsliste gesetzt hatten. Premier R. traute sich nicht mehr auf dem Fahrrad unter sein bunt gewordenes Volk. Peter de V. hatten sie auf offener Straße erschossen und den Islam-Hasser Geert W. damit vielleicht zum nächsten Ministerpräsidenten gemacht. Und nun war Marvin ein größeres Paket Ware abhandengekommen, das er hätte in der grenznahen beschaulichen Kreisstadt abliefern müssen. Man hatte ihn per verschlüsselter Mail zum Rapport nach Amsterdam einbestellt. Er war nicht erschienen, aus Angst mit einem Kehlschnitt in einer der Grachten zu enden. Satt und leicht beschwipst klopfte ich dem Bündel Elend vor mir auf die Schulter: „Komm, wir machen einen kleinen Spaziergang." Er musste noch auf die Toilette, ich ging ins Turmzimmer, wo sich hinter einer Regalwand der Tresor befand, in dem ich als Sportschütze eine scharfe Pistole aufbewahrte. Das Holster trug sich bequem unter dem Anzugsjacket, darüber noch der helle Trenchcoat. Bis Marvin aus dem Bad kam, inspizierte ich die Anliegerstraße mit ihrem Blaubasalt-Kopfsteinpflaster, das seit zweihundert Jahren ohne Reparaturen durchhielt. Nein, keine Fahrzeuge mit ausländischen Kennzeichen, nur ein junger Vater platzierte seinen Nachwuchs in ein riesiges Lastenfahrradungetüm vor unserer Tür. „Marvin, ist dein Handy geladen?" Er: „Ja, lass sehen, 90%." Wir schlenderten durch einen Schlossgarten, den die Rhododendronblüte und Jasmin in ein Blütenmeer verwandelt hatte. Leider nahm ich die Gerüche des Frühlings kaum noch wahr, ein ominöses Symptom der beginnenden Degeneration meines Hirns. Die Ablagerung der vermaledeiten Müllproteine Amyloid und Synuklein beginnt immer in den Neuronen des Riechsystems. Ein Riechtest Sniffin`Sticks stand im Regal meines Sprechzimmers neben den Testkits für die Frühdiagnose kognitiver Defizite und beginnender Demenz. Ich selbst nahm von den zu erratenden Düften nur noch bedenklich wenige wahr. Ein Heilmittel gegen den schleichenden Hirnabbau gab es immer noch nicht. Großmutter landete mit Anfang Achtzig in der geschlossenen Gerontopsychiatrie, Mutter war ebenfalls mit Achtzig immer störrischer und paranoider geworden, ließ nachts die Haustür offenstehen, verlor den Überblick über ihre Finanzangelegenheiten komplett. Mein Schicksal war vorgezeichnet. Es blieben vielleicht noch zehn gute Jahre. Für Marvin hatte es nie gute gegeben, was ebenfalls an seiner Mutter lag, die derzeit wahrscheinlich in Kundus billiges Opium rauchend vor sich hindämmerte. Ziel unseres Spaziergangs waren keine Hanfplantagen, von denen es in Ostfriesland einige gab oder Mohnfelder, sondern die Binnenschiffe, die vor und hinter der Schleuse des Kanals lagen oder fuhren. Als wir auf der Brücke über der Schleuse standen, wurde geschleust. Ein mit Split beladener Kahn fuhr ein. Wir beobachteten das Manöver, bis sich die Schleusentore öffneten, das Schiff seine Reise Richtung Westen fortsetzen wollte. „Gib mir Dein Handy!" Marvin sah mich fragend an, reichte sein Smartphone, das ich in hohem Bogen auf den grauen Hügel Schüttgut im Schiffsbauch warf. Es war schon recht dunkel, auf der Brücke stand niemand, ebenso verlief die Schleusung automatisch ohne Kontrolle durch Aufsichtspersonal. Der Kapitän konnte uns nicht sehen, befand er sich doch genau unter der Brücke am Steuerrad. „So, das geht jetzt auf die lange Reise in die Niederlande oder ins Ruhrgebiet. Keine Angst, du kriegst ein Neues." Was ihn nicht beruhigte, denn jetzt waren all seine Kontakte, alle Fotos, sein halbes Leben auf Nimmerwiedersehen verschwunden, er aber nicht mehr zu orten, mir wichtig, denn mein Neffe wollte sich bei mir verstecken. Auf dem Heimweg checkte ich wieder die Kennzeichen der parkenden Wagen, schaute nach den Aufnahmen der Überwachungskameras der letzten zwei Stunden, bevor wir uns ins Raucherzimmer setzten, wo ich ein paar Scheite im Kamin anzündete, zwei Gläser mit Fruchtsaftschorle füllte, meine Pfeife stopfte. Marvin rauchte Selbstgedrehte, ausnahmsweise ohne Cannabisblüten. Ich: „Wo ist denn das verlorene Paketchen?" Er druckste herum. Ich: „Zeig es mir!" Er kramte in seinem Umhängesack, präsentierte ein mehrfach in Plastikfolie angeschweißtes Brikett, das etwa ein Kilo wog, damit um die 50 000 Euro wert war. Konnten die Nasen der Drogenspürhunde tatsächlich Koks durch mehrere Lagen dicker Plastikfolie schnüffeln? Oder waren es die unvorsichtig kontaminierenden Finger der dummen Dealer, die für die notwendige Anzahl Kokainmoleküle auf der

Außenhülle sorgten? Oh Gott! Dafür setzte der Junge sein Leben aufs Spiel und mir drohte bei einem solchen Fund der Verlust der Approbation als Arzt. Nur wie sollte das Päckchen zurück zu seinen „rechtmäßigen" Besitzern kommen? Das waren in aller Regel sadistische Soziopathen, auf die tätige Reue nicht immer Eindruck machte, was meistens in Bestrafungsquälereien inklusive Amputation von Körperteilen endete, oft mit Todesfolge zur Abschreckung wankelmütiger Bandenmitglieder. Ich nahm das Paket, öffnete die Kaminklappe, warf es mitten in das lodernde Feuer. Er: „Neeeiiin!" Zu spät, da konnte er nicht mehr reingreifen. Nun bekam er seine knappe Standpauke: „Marvin, so dumm kannst du nicht sein. Für 50 000 Euro dein Leben riskieren? Was schluckst oder spritzt du sonst noch? Zeig deine Arme! Du musst für einige Zeit untertauchen. Wir wollen nicht hoffen, dass deine Telefonanrufe die Tunichtgute auf unsere Spur bringen. Wahrscheinlich ist ihnen ein Kilo Koks nur wenige Tage Suche wert. Schließlich landen sie das Zeug mittlerweile im Tonnenmaßstab in Antwerpen, Bremerhaven und Hamburg an. Trotzdem müssen wir dich tarnen und verstecken. Morgen verändern wir dein Äußeres, fahren nach Spiekeroog, wo du in meiner Ferienwohnung angemeldet als dein Cousin Robert stillhältst, bis ich dich wieder abhole. Ich besorge Roberts Personalausweis, der schon ein paar Jahre alt sein dürfte. Du kannst dann sagen, dass diese Gesichtstattoos neueren Datums sind." Oh je, die Gesichtstattoos, ich musste sehr tolerant und stark sein. Auf die Schnelle ließen sich die nicht beseitigen, im Gesicht blieben danach fast immer schreckliche Narben. Wie konnte sich eine ganze Generation nur in diesen Strudel nach unten begeben, die gruseligen Vorlieben des Prekariats, der Sträflinge und Seemänner als Modeideal adoptieren, sich ominöse chinesische Farbpartikel im Grammmaßstab unter die Haut jubeln lassen. Über Generationen blühte das Abendland kulturell durch die Orientierung nach oben, nun konnte es plötzlich nicht ordinär genug sein mit zerfetzter Kleidung, Ringen durch die Nase und eben diesen Tattoos der indigenen Völker. Wann würden Tellerlippen folgen? Ich sehnte mich zurück nach Zeiten, in denen eine Kleiderordnung exakt definierte, welchen Standes man war. Man heiratete nicht unter Stand. Eine gesellschaftliche Gruppe segregierte sich damals besonders streng, wählte Intelligenz als Kriterium der Partnerwahl, wurde wie Phoenix aus der Asche durch „assortative Paarung" zur erfolgreichsten Ethnie aller Zeiten, diese verdammt schlauen Ashkenazi-Juden. Was Marvin mit ihnen teilte, war nur das oppositionell-trotzige Denken, das unweigerlich an extreme der Intelligenzverteilung gekoppelt ist. Seinen IQ schätzte ich unter 90. Am nächsten Morgen ging es zum Friseur, der nicht schlecht staunte, als der „Vater" einen militärischen 6 mm Maschinenschnitt anordnete, Deckhaare etwas länger mit scharfer Kante an den Seiten – genauso wie auf dem Passfoto seines ordentlichen Cousins in dessen Personalausweis, den ich eingesteckt hatte. Wir kauften ein Sakko wie auf dem Passbild, ein weißes Oberhemd, Sneaker, Jeans slim-line. Die Ähnlichkeit war nicht umwerfend, sollte aber für eventuelle Zufallskontrollen reichen. Marvin hatte ein ausgesprochenes Talent, die Blicke von Ordnungshütern auf sich zu ziehen. Wir würden erst am Wochenende fahren, denn mehr als vier Patienten wollte ich nicht absagen. Amirah hatte bereits ein wenig den Kopf geschüttelt, weil mein Gast ihr nicht gefiel. Sie kannte diese Jungs aus dem Umfeld der Familie ihres Mannes, einer libanesischen Sippe, die in allerlei Geschäfte verstrickt war.

8.   Mein Refugium im Wattenmeer

Das kleine Backsteinhaus Baujahr 1932 auf der Insel Spiekeroog hatte ich als Kapitalanlage und eigenes Sommerferienquartier zu einem Quadratmeterpreis gekauft, der sonst nur in München oder auf Sylt aufgerufen wurde. Diese Inseln im Wattenmeer erwachten erst durch einen Spleen des Großbürgertums im 19. Jahrhundert aus einem armselig harten Dornröschenschlaf. Plötzlich wuchsen neben den Fischerkaten Strandhotels auf, man glaubte an die Heilkraft des dunklen Nordseewassers. Anders als Norderney oder Borkum mit ihren strahlend weißen klassizistischen Prachtbauten blieb Spiekeroog ein Inseldorf, vielleicht auch weil die Fähre nur einen tideabhängigen lückenhaften Fahrplan anbieten konnte. PKW-Verkehr blieb verboten, selbst Fahrräder unerwünscht. Es gab nur einen Dorfpolizisten, dabei für mich aktuell besonders wichtig – keine Drogenszene. Dealer mochten nicht durchs Watt waten. Die horrenden Übernachtungspreise zahlten im Sommer grün angehauchte Familien aus der beamteten A13/15 Kaste mit ihren Bollerwagen und Strandmuscheln. Nach dem Einschiffen in Neuharlingersiel suchten wir uns einen Platz an Deck im Windschatten der Brücke. Ich hatte eine große Thermoskanne Kaffee dabei, für mich Käsebrötchen, für Marvin ein veganes Sandwich. Der Junge konnte charmant sein, plauderte über seine frivolen Abenteuer der letzten Jahre, von denen mir bisher nichts zu Ohren gekommen war. Mein Bruder hatte auf meine vorsichtigen Fragen nach dem Schicksal seines Sohnes nur die Lippen aufeinander gepresst den Kopf geschüttelt. Dass Marvin mit fünfzehn das erste Mal Vater geworden war, hatte ich noch mitbekommen, Teenager-Schwangerschaften als Marker dessen, was die Angelsachsen „conduct disorder" nannten, ab achtzehn antisoziale Persönlichkeitsstörung. Die siebzehnjährige Mutter schlüpfte mit ihm und dem Neugeborenen im Haus meines Bruders unter, litt wahrscheinlich an einer Borderline-Persönlichkeitsstörung, denn bei einem der legendären Sommerfeste auf dem Resthof meines Bruders fielen mir sofort die zahlreichen kleinen weißen Narben an ihren Unterarmen auf, pathognomonisch *(krankheitscharakteristisch)* als Spuren sogenannten Ritzens für diese schwere Persönlichkeitsstörung zu vieler Heranwachsender, typisch die rasanten Stimmungsschwankungen mit daraus resultierendem erratischem Verhalten: Nach nur einem Jahr zog die junge Mutter mit Kind aus. Marvin konnte keinen Kindsunterhalt zahlen, den übernahm das Jugendamt, wollte dafür allerdings noch die Großeltern in Regress nehmen. Er: „Vor drei Jahren habe ich Cynthia kennengelernt. Sie war ein bisschen älter als ich, hatte schon eine dreijährige Tochter, dann wurde sie von mir schwanger. Wir haben geheiratet, hatten eine schöne Wohnung, kamen über die Runden. Ich hatte den Gabelstaplerführerschein gemacht, verdiente mit Schichtzulagen in einem Lagerbetrieb gutes Geld, bis ich den Unfall hatte. Der kleine Tyson war ein Schatz. Aber letztes Jahr hat Cynthia einen anderen kennengelernt, ist ausgezogen. Wir werden uns scheiden lassen." Alles erblich, dachte ich, denn auch mein Bruder war bereits geschieden, ebenso wie Marvins Großeltern mütterlicherseits. Die lustige Gesellschaft auf den Sommerfesten seiner Eltern in Ostfriesland bestand fast nur aus flamboyanten Patchwork-Kommunisten. Ein Pärchen als Archetyp der Zersetzung des Abendlandes ist mir in besonderer Erinnerung geblieben. Diese beiden evangelischen Pastoren hatten Marvin mit seiner jungen Familie ganz besonders in ihr Herz geschlossen, seinen Tyson getauft. Der Gemeindepfarrer, verheiratet, drei Kinder, hatte sich mit vierzig in eine Kollegin in der Nachbargemeinde, ebenfalls verheiratet, zwei Kinder, verliebt. Man trennte sich von den angetrauten Partnern, wollte fortan in wilder Ehe im Pfarrhaus leben, was der Gemeinde und der Kirchenleitung missfiel. Das turtelnde Paar empfand das als diskriminierend rückständig, war empört über das anstehende Verfahren peinlicher Inquisition, das in der Androhung der Entfernung aus dem Dienst gipfelte. Die Kirchenleitung in Hannover fand dann eine salomonische Lösung: Der Gemeinde sei das Doppelkonkubinat im Pfarrhaus nicht zumutbar (6. Gebot: Du sollst nicht ehebrechen!), andererseits wäre die Entlassung aus dem Dienstverhältnis als Kirchenbeamte für die kleinen Sünder eine unverhältnismäßige Härte. Also hat man für den wild kopulierenden Herrn Pastor eilig ein „Pfarramt in der Klimakrise" mit Büro in der Landeshauptstadt eingerichtet, ihm die Unannehmlichkeiten des Pendelns durch Homeoffice erspart. Für die sündige Pfarrerin fand eine Rochade als A13-Religionslehrerin an eine Gesamtschule statt. Beide beklagten sich über ein Messen mit zweierlei Maß, klärten mich mit vielen Details über die multiplen Konkubinate eines ihrer Berufskollegen auf, seines Zeichens Ex- Bundespräsident. Marvin passte scheinbar perfekt in diese modernen Zeiten, die ihm den festen Rahmen genommen hatten, den eine haltschwache Persönlichkeit doch so dringend brauchte. Ich blieb fest entschlossen, ihm mit einem safe Place aus der Patsche zu helfen. Mein kleines Ferienhaus buchten Stammgäste erst für den Hochsommer lange im Voraus. Die Monate Mai und Juni hatte ich für die eigene Familie und mich selbst freigehalten. Marvin spazierte durch das Haus sprachlos ob der gediegenen Ordnung, die dort herrschte. Mit Liebe zum Detail hatte ich eine Behaglichkeit kreiert, die er im Chaos seiner Eltern, zahlreichen Stiefgeschwister und wechselnden Partnerschaften mit Messies nie kennengelernt hatte. Ich heizte den Kaminofen ein, bevor wir uns in die Liegesessel des Wohnzimmers fallen ließen mit Blick in einen kleinen im japanischen Stil angelegten Garten. „Wir müssen gleich noch einkaufen, uns überlegen, was wir heute Abend kochen. Bist du mal abgesehen von Nikotin, Cannabis und Alkohol sonst clean?" Er: „Ja, ja. Cannabis rauche ich auch nicht täglich." Ich: „Pillen, Extasy, Pilze, Badesalze?" Er: „Nein, nein. Ich hätte auch gar kein Geld dafür." Ich: „O.k. Du bekommst für die nächste Woche 200 Euro von mir, damit du was zu beißen kaufen kannst. Die Inselbibliothek hält Tageszeitungen und eine große Buchauswahl kostenlos für Gäste bereit. Du brauchst nur deine Kurkarte vorzeigen.

Der WLAN-Code steht auf der Router-Box, das neue Smartphone hast du ja bereits in Betrieb genommen. Kommuniziere mit keinem deiner alten Kumpel, sonst kann es sein, dass die Sheriffs der Drogenhändler hier auftauchen, um dir eine Abreibung zu verpassen. Du schuldest ihnen 50 Riesen. Denk dran, keine digitalen Spuren. Wer weiß, ob du nicht auch schon von der Drogenfahndung gesucht wirst. Die haben mehr als einmal die Verschlüsselungssoftware der Dealer geknackt. Verhalte dich hier die nächsten Wochen absolut still und unauffällig. Am Wochenende bin ich zurück."

Ich drückte ihm die Hausschlüssel und 200 Euro in die Hand.

Warum hatte mich bei Marvin mein professioneller Sachverstand komplett verlassen? Ich weiß es bis heute nicht, musste wie zehntausende Eltern, Geschwister und Großeltern mein persönliches Waterloo im Umgang mit einem süchtigen Blutsverwandten erst noch erleben. Zunächst fühlte ich mich beim Verlassen der Insel gut. Hatte ich nicht einem jungen Menschen, der voller Angst um sein Leben vor meiner Tür stand, Schutz gewährt, ihn aufgenommen und versorgt? Ich verhielt mich da nicht viel anders als die Refugees-Welcome-Enthusiasten, die es selig machte, für hunderttausende schutzbedürftige 17jährige die Tore weit zu öffnen, als eigentlich jedem klar sein musste, dass diese grenzenlose Großzügigkeit von zu vielen schamlos missbraucht werden würde. Masochistische Opferbereitschaft steckt eben auch im menschlichen Genom, bei einem mehr, bei anderen weniger. Warum das so ist, darüber rätseln die Evolutionsbiologen bis heute. Jesus war das hard core Paradebeispiel, konnte dadurch seine Gene *nicht* weitergeben. Eine Kreuzigung wartete gottlob nicht auf mich, aber so etwas ähnliches wie die Pietà *(Maria, die den Leichnam Christi hält)* schon.

Auf der Fähre kaufte ich mir am Kiosk eine Bockwurst, setzte mich auf das Oberdeck, ließ mich vom Wind durchpusten. Die baumelnde Pistole im Holster unter der grünen gewachsten englischen Regen-Jacke war auch ein Beispiel für meine gestörte Realitätsprüfung, geradezu lächerlich auf einem Kurgastschiff, dass ganz langsam in der flachen Fahrwasserrinne den ostfriesischen Hafen ansteuerte. Paranoides Denken nannte man das auf meinem Fachgebiet. Ich hatte es von Mutter geerbt, die erst kürzlich zur Polizei gelaufen war, vor dem entgeisterten Beamten ihre Schwiegertochter beschuldigte, ihre Enkelkinder zum Diebstahl ihres Schmucks angestiftet zu haben. Der Beamte, klug genug keine Anzeige aufzunehmen, riet zunächst zu einer sorgfältigen Suche im Haushalt, oft werde Schmuck nur verlegt. Mutter fand ihn nicht wieder, klapperte die Juweliere der Stadt ab, präsentierte denen ein Foto ihrer Schwiegertochter mit der Frage, ob diese Frau in letzter Zeit Schmuck zum Kauf angeboten hätte. Wahnsinn.

Die Küstenlinie hatten die Energiewender mit Windrädern zugestellt, deren über 200 Meter in den Himmel ragende Rotoren sich trotz steifer Brise selten drehten, abgeschaltet, weil die Stromtrassen für die Weiterleitung des elektrischen Stromes fehlten. Die Windmüller erhielten dennoch ihre Einspeisevergütung. Die Anwohner hatten sich gegen billige Überlandleitungen heftig gewehrt. Warum? Ihre bukolische *(idyllische)* Heimat war durch die Windmühlen radikal verwandelt worden, was Touristen merkwürdigerweise bisher kaum schreckte. Jetzt wurden extrem teure Erdkabel verlegt. Nachts mutete Ostfriesland wesensfremd unheimlich high tech an, wenn rote Leuchtdioden wie in einem Industriepark der Großchemie flächendeckend blinkten. Zerstörung durch Technik – das musste wohl sein, wenn 84 Millionen Menschen auf kleinem Territorium immer mehr konsumieren wollten, 280 Deutsche pro

Quadratkilometer, Wachstum, Wachstum. Gleich hinter der Grenze waren es in den Niederlanden gar 500, in Singapur 5000. Dazu kamen in den Niederlanden 12 Millionen Schweine, von deren Gülle wir zu trinken hatten, jedenfalls verklappten sie die Fäkalien bereits in Niedersachsen, wo sie so langsam ins Grundwasser einsickerten. Die fossile Gasblase, die sich über Jahrtausende unter unserer Nachbarprovinz Groningen gebildet hatte, haben die emsigen Holländer angestochen und innerhalb weniger Jahrzehnte entweder fröhlich selbst verbrannt oder mit einem schönen Profit an uns verkauft. Dafür stürzten durch das Beben der Erde in den entstandenen Kavernen ihre Häuser in der Provinz Groningen ein. Entschädigen wollte die unglücklichen Besitzer von Bauten mit tiefen Rissen in den Fundamenten so recht niemand. Japanische Verhaltensforscher hatten auf einer kleinen Insel eine Affenart mit reichlich Futter versorgt, sodass sie sich hemmungslos vermehren konnte, deren Verhalten über die Generationen beobachtet und protokolliert. Ab einer gewissen Populationsdichte veränderten sich die Tiere, fielen am Ende übereinander her. Aktuell wurde Massenzuwanderung und Bevölkerungswachstum im Land der utopischen Dichter und weniger werdenden Denker beklatscht. Die Erinnerung, emsiger Teilnehmer an diesem Akt kollektiver Selbstzerstörung gewesen zu sein, weckte traurige Gedanken, während ich im Roadster die Gänge des Schaltgetriebes wechselte, der Sechszylinder reichlich Superbenzin schlürfte. Bald würde ich ein H-Kennzeichen für diesen Oldtimer deutscher Ingenieurskunst beantragen dürfen, der mit dem starken Antritt seiner 218 PS und 310 Newton-Metern Drehmoment aus 3.2 Litern Hubraum so manchem Möchtegern-Auto-Poser auf der Überholspur der Autobahn noch die Auspuffrohre zeigen konnte. Die E-Autos schlichen ohnehin nur, um ihre Batterien zu schonen.

9. 1995 - Hänschen Wichtig in der großen weiten Welt

Während der einstündigen Fahrt streckenweise über eine wenig befahrene Autobahn tauchten spontan sentimentale Gedanken auf, die meistens um pikante Begebenheiten kreisten. Immer wenn Erotik ins Spiel kam, funktionierte das kristalline Gedächtnis des Menschen perfekt, speicherte delikate Bilder wie in Stein gemeißelt. Wer erinnert sich nicht en dètail an sein erstes Mal? Der Sinn des Lebens: Das Leben weitergeben – so oft wie möglich!

Noch war ich 1995 jung, die Schrecken des Alters lagen Jahrzehnte entfernt im Nebel einer geriatrischen Zukunft, die für mich keine Relevanz hatte. Altenheimvisiten als Menetekel waren nur Partikel meiner Praxisaktivitäten. Zwanzig Jahre sollte ich wie eine Kerze brennen, die man an beiden Enden angezündet hatte. Ideen flogen mir nur so zu, fast alles gelang mir. Ich hatte mich intensiv mit den häufigsten Krankheitsbildern beschäftigt, die in einer Nervenarztpraxis aufschlugen, um deren Management zu perfektionieren nach dem Muster dessen, was ich in der angelsächsischen Medizin abgeschaut hatte. Insbesondere die „Klientzentriertheit" der amerikanischen Kollegen hatte es mir angetan. Jeden überwiesenen Patienten wollte ich in Form eines hochkondensierten Arztbriefes als kleine Ikone abschließen, inklusive Nebensächlichkeiten wie graphischer Gestaltung des Briefbogens aus extra dickem Kanzleipapier. Besessen von meiner täglichen Arbeit, die weit in die Freizeit hinein ausuferte, avancierte ich auch noch zum Berater und Referenten großer pharmazeutischer Unternehmen, der plötzlich in der ganzen Welt unterwegs sein musste. Ich flog Business Class, nächtigte in den besten Hotels, dinierte in exquisiten Lokationen. Da meine Ehefrau Anette ebenfalls als Ärztin arbeitete, war sie gelegentlich mit von der Partie, innerhalb Deutschlands durften auch die vier kleinen Kinder an den zum Teil touristischen

Veranstaltungen teilnehmen, was sie beeindruckte. Manchmal luden sie noch einen Schulfreund in unseren vollbeladenen Van ein, wenn es galt in einem Ferienpark Hausärzte mit Familien von der Wirksamkeit eines Antidementivums oder eines neuen Antidepressivums zu überzeugen. Für die Kinder organisierten die Pharmaaußendienstmitarbeiter ein großartiges Animationsprogramm. Ich war umworben, mir wurde geschmeichelt und eine Menge Geld zugesteckt. Im Austausch mit den Besten meines Fachs durfte ich auf den Jahrestagungen der amerikanischen psychiatrischen Fachgesellschaft viel lernen. Dort trafen sich in Miami, New York, Philadelphia, Toronto, San Franzisko, New Orleans, Chicago oder Los Angeles jedes Jahr jeweils 50 000 (!) Psychiater für eine Woche, in der das Programm morgens um 7.00 mit den Frühstücksseminaren startete, um nach 22.00 Uhr mit den Dinner-Gesprächen zu enden. Da saß ich neben Aron B., Jack G., Michel T. und all den anderen „big shots" meines Fachs, saugte wie ein Schwamm lustvoll alle Neuigkeiten auf, die zu allem Überglück auch noch in meiner Lieblingssprache Englisch serviert wurden. Die Marketing-Manager der großen Pharmafirmen überboten sich mit Einladungen zu illustren Events, die im Chambre séparée eines elitären Clubs mit Blick auf die Golden Gate Bridge oder Manhattan stattfanden – „Smoking black tie" *(schwarzer Abendanzug mit schwarzer Fliege)* stand auf der Einladung als Dress-Code. Die für Norddeutschland zuständige Produktmanagerin hatte sich neben mich platziert, ein schulterfreies schwarzes Abendkleid gewählt, das ihre Oberweite beeindruckend präsentierte. Ich dachte bei dieser Niederländerin unwillkürlich an schwarz-bunte Milchkühe mit Rekordeutern, wofür ich mich im selben Augenblick schämte, denn sie war eine überaus gescheite Frau mit einem breughelschem Bauernwitz und eben diesen zwei riesigen Ballons – für die sie nichts konnte - in wenigen Zentimetern Entfernung von meinen Manschettenknöpfen aus Sterlingsilber. Wer es wie sie als Frau Mitte Dreißig ins mittlere Management geschafft hatte, der blieb kinderlos und meistens unverheiratet, denn Produktmanagement war unter den Boomern eine Karriere auf dem Schleudersitz. Nur solange die Zahlen stimmten, saß man fest. Meinen Ehering hatte ich für die Dauer dieser Lustreisen im Portemonnaie verschwinden lassen. Grietje wusste natürlich, dass ich verheirateter Familienvater war, hatte sie mich doch mehrmals in der Praxis besucht, so meine mitarbeitende Gattin kurz kennengelernt, deren Attraktivität mich sicher in ihrem Ansehen noch steigen ließ. Nach einem trockenen Sherry wurde eine Jakobsmuschel als Amuse gueule serviert, dazu trockener kalifornischer Weißwein. Mir blieben noch vier weitere Gänge, um mit diesem spröden Kaaskopp, wie sie sich selbst lachend nannte, in Resonanz zu geraten. Mein Sprachtalent war Türöffner, denn Niederländer sind als oft polyglotte Menschen bass erstaunt, wenn ein Ausländer ihre herbe Sprache mit den brachialen Rachenlauten intoniert. Dabei ist es für einen Norddeutschen mit Plattdeutsch und Englisch als Basis kinderleicht, Niederländisch zu lernen. Grietje strahlte ob meiner Lobeshymnen auf ihr gar nicht so kleines Volk der erfolgreichen Händler und Bauern. Von Gang zu Gang nach jedem geleerten Weinglas konnte ich meine Komplimente etwas dicker auftragen. Trafen sich bei der Seezunge unsere Blicke nur für eine Sekunde, schaute ich ihr vor dem Dessert bereits sehr lange in die hellblauen Augen auf der Suche nach der Antwort auf eine drängende Frage: War ich für sie ein akzeptabler Paarungspartner für die noch lange Nacht? Meine Scheu vor Zurückweisung schwand mit jedem Glas alkoholischer Getränke. Nichts dämpfte Ängste besser als Alkohol. Im Shuttle-Bus zurück ins Hotel wagte ich trotz Beobachtung der Kollegen eine Geste, die mir kühn erschien, aber in einer Sekunde für klare Verhältnisse sorgen sollte. Ich tastete nach Grietjes derber großer Hand ganz vorsichtig mit den Fingerspitzen. Ein Beobachter hätte diese Bewegung mit viel gutem Willen gerade noch als zufällig deuten können, Grietje nach der letzten Stunde am Tisch sicher nicht. Sie zog ihre Hand langsam aber bestimmt weit in ihren Schoß zurück. O.k. Lächeln, die Augenbrauen nach oben ziehen, die Lider schließen, den Kopf etwas sinken lassen – ich war enttäuscht, doch sie hob das Kinn stolz, guckte nach einem kurzen strafenden Blick in mein Gesicht stumm geradeaus. Also war ich bei diesem Sturmangriff abgeblitzt, der eben nicht innerhalb von fünf Stunden zur Einnahme der Burg geführt hatte, wofür die Chancen immer nur maximal eins zu neun standen, jedenfalls bei meinem eher unterdurchschnittlichen Konterfei mit meistens unbeholfenem Charme. Niemals bin ich ob solcher stürmischen Avancen brüsk abgewiesen worden, nein, alle Begleiterinnen mochten Komplimente als Ausdruck meines Begehrens, die meisten wollten allerdings auf körperlichen Kontakt dankend verzichten. Das Schicksal weniger bedeutender heterosexueller Männer - sie müssen mit dieser Zurückweisungsquote leben, es einfach immer und immer wieder versuchen, denn ab und zu kam ich ja zum Zuge. Die Widerspenstigen blieben genauso plastisch in meinem Gedächtnis wie die Willigen. In der Hotel-Lobby trennten sich unsere Wege. „Ich geh jetzt mal auf mein Zimmer,“ verabschiedete sie sich mit ernster Stimme. Mit einem zweifelnden Lächeln und angedeutetem Winken aus dem Handgelenk heraus kehrte ich ihr den Rücken, steuerte die futuristische Bar an, in der sich die Nachtschwärmer auf einen Absacker trafen, unterhalten von einem schwarzen Pianisten, der wie der berühmte Stevie W. eine riesige schwarze Sonnenbrille trug.

Was für eine Fülle, was für ein Überfluss, der hier von den Pharma-Multis über mich ausgeschüttet wurde, von Firmen, die mit einer dauerhaften Umsatzrendite von 25% operierten, damit ihre Angestellten sehr gut bezahlen konnten. Ein im Außendienst ergrauter

Mitarbeiter hatte kurz vor seinem Ausscheiden aus einem Berliner Traditionsunternehmen die Weihnachtsfeier für unsere Praxis als eine Art Farewell in einem exquisiten Restaurant gesponsort. Nachdem wir zwei Flaschen eines vorzüglichen Bocksbeutels geleert hatten, zog er - in Deutschland sehr, sehr ungewöhnlich wohl dem Alkoholspiegel und unserer jahrelangen Vertrautheit geschuldet - den letzten Gehaltsstreifen seines Lebens triumphierend aus der Tasche, der auch seine Jahreserfolgsgratifikationen auswies: 270 000 DM zahlte die Firma brutto, mehr als damals ein Flugkapitän der Lufthansa verdiente. Als gelernter chemisch-technischer Assistent mit Realschulabschluss hatte er in den sechziger Jahren nach einer kurzen Schulung zum Pharma-Referenten bei diesem forschenden Unternehmen begonnen. Nun wartete nach dreißig Dienstjahren auch noch eine großzügige Vorruhestandsregelung auf ihn. Tausende seiner Kollegen fuhren täglich in ihren Dienstwagen durch das Land, um das Verordnungsverhalten der deutschen Kliniks- und Kassenärzte zu beeinflussen, die ebenfalls als Gruppe von mehr als 200 000 mit dem Rezeptblock in der Hand sehr gut verdienten. In den Zentralen der Pharmamultis gab es mittelgroße Reisebüros, die opulente Pharmasausen organisierten. Das kapitalistische System hatte nicht nur „happy few" hervorgebracht, sondern „happy millions". Ich hätte als Kind und Jugendlicher nicht zu träumen gewagt, einmal dazuzugehören. Those were the days, my friend, we thought they'd never end. Der Luxus beruhigte über Jahre meine Nerven, während tief verborgen im Zellkern meiner Neurone die Unglücks-DNA schlummerte, um sich ihres Wirtes Leben überfallartig zu bemächtigen. Nur wusste ich weder Tag noch Stunde. Für die Pharmaindustrie schlug sie bereits 2005, als Deutschland der kranke Mann Europas wurde, die Zahlungen der Krankenkassen drastisch zusammenstrich, damit dem kostspieligen Marketing ein jähes Ende bereitete. Schmalhans wurde Küchenmeister, keine Lustreisen mehr, nur noch gelegentlich ein Kugelschreiber.

10.   Alltäglicher Wahnsinn

Als ich in meine Anlieger-Einbahnstraße einbog, schloss ich den Gedächtniscontainer mit all den Erinnerungen, für die ich mich eigentlich schämen sollte, checkte im Vorbeifahren die halb auf dem Bürgersteig geparkten Fahrzeuge. Ein schwarzer Audi trug ein gelbes Kennzeichen der Niederlande, darin saß niemand. Die niederländische Grenze lag nur wenige Kilometer entfernt. Mit der Funkfernbedienung öffnete ich das Tor der winzigen Garage im Souterrain meiner Villa, in die der Roadster auf den Zentimeter passte. Ich deaktivierte die Alarmanlage, spielte im Haus kurz die Videoaufzeichnungen der Überwachungskameras ab, kam mir ein bisschen lächerlich vor, allerdings nicht ganz ungefährlich lächerlich, weshalb ich Pistole samt Holster eilig in den Waffentresor ablegte. Zwar hatte ich eine Waffenbesitzkarte, aber keinen Waffenschein, der mich zum Tragen außerhalb des eigenen Hauses und Schießstandes berechtigt hätte. Ein Verstoß gegen das sehr, sehr strenge Waffengesetz konnte mich die Approbation kosten. Kalkuliere Wahrscheinlichkeiten, sagte ich mir. Die Mokro-Mafia legt sich nicht für 50 000 Euro wochenlang auf die Lauer. Da sprengen sie doch lieber emsig einen Geldautomaten nach dem anderen in unserer Grenzregion der Grenzenlosigkeit. Marvin, das missratene Früchtchen, durfte in der Isolation einer winzigen ostfriesischen Insel über seine Schandtaten nachdenken, für mich begann der Wochenalltag morgen, weshalb ich einen kurzen Blick in den Bestellkalender warf, ausgebucht von 7.00 bis 18.00 Uhr, so wie ich es wollte, um weiterzumachen, bis man mich, die Füße in Budapestern voran, aus dem Haus tragen würde. Heute Nacht schlief ich ausnahmsweise ordentlich sechs Stunden in meinem riesigen Bett, das ich seit vier Jahren mit niemandem geteilt hatte. Sex gab es nur mit mir selbst, wenn auch täglich. War das ab einem gewissen Alter nicht weise? Niemals wollte ich in die unterste Schublade greifen, mir die Körper junger Osteuropäerinnen kaufen. Medizinisch spielte Mann ukrainisches, rumänisches oder bulgarisches Roulette, bei all den lebensgefährlichen kleinen Tierchen, die diese rohen Kreaturen von einem Freier zum nächsten schleppten. Die Wohnwagen, in denen schnelle Nummern auf Parkplätzen entlang vielbefahrener Bundesstraßen geschoben wurden, waren die Tatorte unterhumaner Orgien, aber ins eigene Schlafzimmer holte man sich diese modernen Sklavinnen brutaler Banden besser nicht. Deutschland hatte das liberalste und damit grausamste Prostitutionsgesetz, war zum Puff für ganz Europa verkommen. Nein, da ließ ich es doch beim Betrachten erotischer Filmchen im stillen Kämmerlein bewenden, verzichtete auf lächerliches Balzen vor unerreichbaren jüngeren Frauen und bis auf wenige Ausnahmen erotisch desinteressierten älteren. Gestern hatte ich geträumt, dass Marvin eine junge Frau aus seinem Milieu angeschleppt hätte, die nachts heimlich zu mir unter die Decke kroch. Im Traum tastete ich ihren jungen Körper mit wachsender Erregung ab, bis sie das Licht anmachte, ich entsetzt auf die Ganzkörpertattoos, von Narben übersäten Unterarme einer Borderlinerin starrte – peng, war ich wach. Aber prickelnd waren sie doch, diese leider seltenen Träume. Raus aus dem Bett, ganz heiße Dusche (danke für die Energiepreisbremse, Robert H.), Haferbrei und Obst im Morgenmantel, abgekühlt in das gebügelte Oberhemd einer Schweizer Luxusmarke und den dunklen Designer-Anzug geschlüpft. Pünktlich um 6.45 Uhr ertönte der sanfte Gong, dazu guckte Amirah etwas muffelig in die Kamera. Unter ihrem langen Mantel trug sie ein unislamisch kurzes schwarzes Kleid mit tiefem Ausschnitt, würde sich gleich hinter die Anmeldung setzen, den Anrufbeantworter ausschalten, die Karteikarten für diesen Tag bereitlegen, die

Espresso-Maschine einschalten, um mir um 6.55 Uhr auf einem kleinen Silbertablett eine Tasse heißen, sehr heißen Arabica-Sud mit steifer Crema, einem vielsagenden Lächeln und frontaler leichter Verbeugung zu servieren. Ich hob kurz das Kinn, sah ihr sonst wo hin, spürte eine angenehme Regung – weibliches Personal gebeugt vor dem Hausherrn. Ach, das Leben hatte seine schönen Momente, bis die erste Patientin kam, gleich in Begleitung ihrer Opferanwältin und einer Dolmetscherin vom Opferschutz Ring. Es war eine junge Kurdin, die sich nach häuslicher Gewalt ins Frauenhaus geflüchtet hatte, das mittlerweile mehrheitlich von Ausländerinnen bewohnt war, wahrscheinlich dazu einige Passdeutsche mit Migrationshintergrund aus den westasiatischen Gewaltkulturen. Was ich in der nächsten Stunde an brutalen Details erfuhr, passte zu den großflächigen Hämatomen und ausgeschlagenen Zähnen im Gesicht dieses Mädchens, das von ihren eigenen Verwandten derart zugerichtet worden war, weil sie es gewagt hatte, eine intime Beziehung mit einem ungläubigen Einheimischen aufzunehmen. Dabei hatte sie noch Glück gehabt, denn Ehrenmorde gehörten zum gruseligen Verhaltensrepertoire einer auf strengste Selbstsegregation achtenden Ethnie aus dem irakisch-türkischen Grenzgebiet, wo der IS versucht hatte, sie auszulöschen. Nun sollten sich die Europäer um diese Schutzbedürftigen kümmern, die mir wie mit einer Zeitmaschine aus dem Mittelalter in mein Sprechzimmer gebeamt erschienen. Die Anwältin präsentierte den Befundbericht der gynäkologischen Kliniksambulanz, der Spuren schwerer Gewaltanwendung im Genitalbereich bescheinigte. Material zur DNA-Bestimmung hatte die Kollegin asserviert. Schluss, nach 45 Minuten konnte ich diese „Bereicherung" nicht mehr ertragen. Sie sollten gehen. Ein schweres posttraumatisches Stresssyndrom wollte ich bescheinigen, mit allen Ansprüchen, die das auslöste, die gewünschte Therapie leider nicht anbieten, denn meine

Gegenübertragungsgefühle ob dieser importierten Gewaltorgien machten mich ungeeignet. Eine Kollegin wäre die bessere Wahl, am besten stationär in der großen Klinik am Ort, die sogar über eine Spezialstation für Traumatherapie verfügte. Ich würde sofort einen Arztbrief an die Kolleg.innen schreiben, um Aufnahme nach Warteliste bitten. Dazu brauchte ich fünfzehn Minuten Pause vor dem nächsten Patienten und einen zweiten Espresso. Als Amirah mit dem Silbertablett durch die Tür trat, fiel mir ihre Ähnlichkeit mit der geschundenen Kurdin auf. Diese exotischen Schönheiten gehörten einfach bewacht, am besten verhüllt, durften auf keinen Fall in die lüsternen Hände von Ungläubigen fallen, so hatten sich das die Alten der nomadisierenden Kriegerstämme Arabiens ausgedacht, lagen dabei wohl im Hinblick auf die Heißblütigkeit ihrer jungen Männer richtig, von denen 15% die dysfunktionalen Allele der Monoamin-Oxidase A, auch Kriegergene genannt, in sich tragen sollten. Nur die Scharia garantierte, dass so etwas wie ein einigermaßen friedliches Nebeneinander der Geschlechter im Nahen Osten möglich war, mit den üblichen Schlupflöchern für eine von mir fantasierte semitische Hypersexualität, also Harems für die reichen und Stundenehen für die ärmeren Männer, Taharrusch dschama'i für den Mob, der erotisch ansonsten leer ausging, denn heiratete ein reicher Araber viermal, so blieb für drei arme Teufel keine Frau mehr über. Die Scharia konnte eben auch nicht alle Probleme der arabischen Männerseelen befrieden, ebenso wenig die freundlichen Integrationsbegleiterinnen in Europa. Einer hatte mir im Alter von 22 Jahren seinen Plan für das Pendeln zwischen den Welten vorgelegt: Mit möglichst vielen deutschen Mädchen Sex haben, dann irgendwann in der Heimat eine muslimische Jungfrau auswählen, heiraten und nach Deutschland mitnehmen, nicht auf einem fliegenden Teppich, sondern in der 5er Limousine. Genauso hätte ich meine Jugend auch am liebsten verbracht. Bevor ich mich völlig in Rage dachte, erinnerte mich

Amirah an meinen nächsten Klienten, der bereits in der Lounge wartete, ein Notfall aus der Neurochirurgie. Den 8.00 Uhr-Termin hatte ich immer für Notfälle reserviert. Gab es keinen, dehnte ich einfach den 7.00 Uhr Klienten. Der Notfall, 76 Jahre alt, hatte sich in der letzten Nacht mit einem Luftgewehr in den Mund geschossen. Das kleine Projektil, glücklicherweise in den festen Knochen der Keilbeinhöhle steckengeblieben, wollten die Neurochirurgen dort belassen. Der alte Herr saß stumm vor mir, antwortete nicht. Seine weinende Ehefrau berichtete, dass er seit Wochen immer in sich gekehrter wirkte, düstere Gedanken hatte, kaum noch aß, nachts herumgeisterte. Heute Nacht war er aufgestanden, ging zum Schlafzimmerschrank, holte das kleine Gewehr hervor, steckte den Lauf in den Mund, drückte ab. Die Frau heulte Rotz und Wasser. Ich sah dem Mann starr in die Augen: „Warum haben sie das getan?" Er: „Es war der Fehler meines Lebens. Ich hätte diese Heizung nie einbauen lassen dürfen." Er verstummte. Die Frau: „So ein Wahnsinn. Das war vor zwanzig Jahren, da hat er seinen Schwager die Ölheizung einbauen lassen, mit der es dann jeden Winter Ärger gab, aber dafür bringt man sich doch nicht um." Ich füllte das Formular für Krankenhausbehandlung aus: Diagnose schwergradige depressive Episode mit psychotischen Symptomen, Schuld- und Versündigungswahn, Notfall weil suizidale Dekompensation und drohender akinetischer Mutismus *(Stummheit)*. EKT *(Elektrokrampftherapie)*?

Der Frau drückte ich die Einweisung in die Hand: „Wir rufen ihnen einen Krankentransport, der bringt sie sofort in die Klinik. Ihrem Mann geht es sehr schlecht. Er muss stationär behandelt werden."

11. Der Mann mit den roten Schuhen I

Ich hatte mich bei Marvin für Freitagabend angekündigt, wollte die letzte Fähre vom Festland nehmen, deshalb die Sprechstunde etwas früher enden lassen, was Amirah ein Strahlen ins Gesicht zauberte. Daraus sollte für mich nichts werden. Um 14.00 Uhr saß der letzte Patient vor mir, als sie das strenge Anrufverbot während der Konsultation durchbrach: „Herr Doktor, Herr Saad ist in der Leitung. Er ruft aus Zürich an, ist aufgeregt und ziemlich verwirrt." Hamza Saad, der reichste Patient, den ich je behandelt hatte. Ich: „Stellen sie bitte durch." Er brabbelte etwas von einem Skandal auf dem Flughafen Zürich-Kloten, dann hörte ich plötzlich eine andere Stimme mit deutlichem Schweizer Akzent: „Herr Kollege, mein Name ist Urs Siegenthaler, ich bin der Polizeiarzt hier in Zürich-Kloten. Der Mann, den ich zu begutachten habe, gab an, sich in ihrer Behandlung zu befinden." Ich: „Ja, Hamza Saad ist seit einem Jahr mein Patient. Was hat er denn ausgefressen?" Kollege: „Er hat beim Sicherheits-Check-in das Personal verbal attackiert, machte auf die gerufenen Polizeibeamten einen verwirrten Eindruck. Ich soll jetzt entscheiden, ob er gegen seinen Willen in eine psychiatrische Klinik eingewiesen werden muss. Er ist kein Schweizer Staatsbürger, trägt einen libanesischen und einen deutschen Pass bei sich. Wie lautet denn ihre Diagnose?" Ich: „O.k. Ich breche jetzt die Schweigepflicht, aber das ist sicher sehr im Interesse des Patienten: Bipolar II. Bisher litt er selten unter hypomanischen Episoden, war auf Quetiapin gut eingestellt. Vielleicht rutscht er gerade in einen agitiert-manischen Zustand?" Kollege: „Sie wissen vielleicht, dass Polizeigewahrsam mit Überstellung in die geschlossene Abteilung auch bei uns in der Schweiz kein Zuckerschlecken ist. Für mich bedeutet es zumal bei einem Ausländer einen Heidenaufwand, gegen dessen Willen vorzugehen. Könnte die weitere Behandlung nicht vielleicht durch sie organisiert in Deutschland stattfinden? Ich könnte ihn mit einer Injektion sedieren, wir setzen ihn mit einer Betreuungsperson daneben in den nächsten Flieger, sie holen ihn vom Flughafen ab, arrangieren alles weitere?" Oh je, das konnte heiter werden. Im Ausschaffen waren die Schweizer groß. Aber Hamza (arabisch „der Löwe") war mir ans Herz gewachsen, schließlich hatte *ich* diese tückische psychische Erkrankung diagnostiziert, die sein Leben seit der Jugend Achterbahn hatte fahren lassen – wie bei bipolaren Störungen üblich Diagnose mit vielen Jahren Verspätung. Erste Episoden des sozialen Rückzugs hatten Jugendpsychiaterinnen auf die schwierige Situation nach der Scheidung seiner Eltern zurückgeführt. Seine deutsche Mutter war Aktuarin einer großen Versicherungsgesellschaft gewesen, hatte sich aus der Ehe mit einem jähzornigen Libanesen gelöst, kurze Zeit später aber suizidiert, sodass Hamza bei seinem Vater aufwuchs, einem rastlosen Geschäftsmann, der von seinen Reisen wechselnde Partnerinnen mitbrachte, den Sohn schlussendlich doch in ein Elite-Internat steckte, Geld spielte keine Rolle. Hamza trat in die Fußstapfen der Mutter, studierte Mathematik und Informatik, allerdings ohne Abschluss. Als Student hatte er in Einrichtungen der renommiertesten Forschungsgesellschaft hospitiert, engen Kontakt zu nerdigen Forschern aufgenommen und plötzlich einen Geistesblitz. Deren akribische Laborarbeit an vorderster Front der Mikroelektronik-Innovationen extrapolierte er ein wenig in die Zukunft, hatte mit gerade einmal 22 Jahren nicht nur den Impuls, sondern auch den Mut, Kapitalgeber für eine Umsetzung in Fabrikation im industriellen Maßstab zu suchen. Mit den Genen des Geschäftsmannes im Blut flog er in einem Schub voller Enthusiasmus in die USA zu einer jener Kapitalgebermessen, auf denen ein junger Mann mit Charisma durchaus viele Millionen Wagniskapital einsammeln konnte, was Hamza gelang. Während der nächsten 18 Jahre plante und eröffnete er Mikroelektronik Fabriken in den USA und Taiwan. Nicht alle warfen für die Investoren den erhofften Gewinn ab. Ging ein Investment schief, geriet Hamza in tiefe Krisen, bekam jede Menge Antidepressiva verschrieben, was die Stimmungsschwankungen eher verschlimmerte. Seine erste Ehe ging in die Brüche, die zwei kleinen Söhne blieben bei der deutschen Mutter. Bei mir wurde er vorstellig, weil es für eine Großinvestition in der Schweiz Spitz auf Knopf stand. In meine Nähe in der nordwestdeutschen Provinz hatte ihn die Liebe und das Geschäft verschlagen, denn bei der Kapitalakquise ging ihm vor drei Jahren der Gründer eines Windkraftanlagen-Imperiums an die Angel, der in einer ostfriesischen Kleinstadt residierte. Hamza kam aus der Schweiz in Hochstimmung angeflogen, logierte im ersten Haus am Platze in der Nähe des Windmühlenbauers, traf als 39jähriger, der dem Hollywoodstar George C. verblüffend ähnlich sah, auf die 18jährige Tochter des Hoteliers an der Anmeldung, die ihm wenige Tage später in der gemieteten Suite zum georderten Champagner gleich sich selbst mit servierte. Ihr Vater steckte damals in akuten finanziellen Schwierigkeiten. Die alteingesessene Familie von kleinem Adel stand kurz vor der Insolvenz. Hamza half mit einer generösen Überweisung aus der Klemme, heiratete die Tochter wenige Wochen später. Ein Jahr danach kam das erste Kind auf die Welt, im nächsten Jahr das zweite. Da schlug der Ahnenfaktor buchstäblich zu, Hamza wurde zum Abziehbild seiner Ahnen. Seine Ehefrau ging mit einem blauen Auge zur Polizei, reichte die Scheidung ein, ihre Anwältin erwirkte ein Annäherungsverbot für diesen Mann mit schwer gestörter Impulskontrolle. Im drohte eine Verurteilung wegen Körperverletzung plus ein heikler Rechtsstreit um das an den Schwiegervater ausgeliehene Geld. Noch während er dabei war, das Familiendomizil in traumhafter Lage an einem See im Ostfriesischen zu vermarkten, hatte er sich im Telefonbuch meine Adresse herausgesucht, spürte er doch eine heraufziehende Episode, konnte nachts nicht mehr schlafen, vormittags nicht mehr klar denken. Als ich ihn im Wartezimmer aufrief, ins Sprechzimmer geleitete, fiel mir der Gegensatz zwischen einem gutsitzenden dunkelblauen Anzug und schrillen roten Lederschuhen auf, in denen er keine Socken trug. Warum hatten die Kollegen über all die Jahre die Diagnose verpasst? Weil das anamnestische Vorgehen mittels Checklisten verpönt war. Einmal die Facharztanerkennung in der Tasche, verließen sie sich auf ihre Intuition ohne akribische Faktensammlung. Wen zog es in mein Fachgebiet? Es waren die intellektuell Schwächsten eines jeden Medizinerjahrgangs, aus dem sie nur mit einer Eigenschaft als Gruppe hervorstachen: Eloquenz *(Wortgewandtheit)*. Dabei bot Hamza alle anamnestischen Hinweise auf eine manisch-depressive Erkrankung: positive Familienvorgeschichte, Hochphasen, in denen er bemerkenswerte Leistungen erbrachte, geradezu genial kreativ auftrumpfte, gefolgt von Phasen innerer Lähmung und Hoffnungslosigkeit. Beim katastrophalen Scheitern seiner zweiten Ehe geriet er in eine sogenannte gemischte Episode, in der Wut und Verzweiflung eine gefährliche Melange eingingen. So ähnlich musste es auch in den Tagen vor seiner Konfrontation auf dem Flughafen gewesen sein. Dabei hatte ich mit dem atypischen Antipsychotikum Quetiapin den richtigen Griff in den pharmakologischen Werkzeugkasten getätigt. Anfangs brachte ihm der sedierende Effekt die gewünschte Nachtruhe, dann in der Erhaltungsdosis den stimmungsstabilisierenden Effekt. Was er in der Folge beklagte, war das Fehlen, das Ausbleiben der „Hochs" unter diesem potenten Psychopharmakon: „Ich fühle mich wie gleichgeschaltet." Hatte er es vielleicht deshalb abgesetzt? Jedenfalls war mein therapeutisches Interesse heftigst entflammt. Als ich mich gerade in den Wagen setzen wollte, um ihn bei Ankunft der Maschine aus Zürich an unserem Regionalflughafen in Empfang zu nehmen, poppte eine Mail auf meinem Smartphone auf: Flug verpasst, komme erst morgen, lande um 7.45 Uhr. Jetzt war es zu spät für die Fähre zur Insel, also rief ich Marvin an, der scheinbar ganz entspannt berichtete, dass er den Tag im letzten Strandkorb vor dem Hundestrand verbracht hätte mit einem meiner Bücher in der Hand: Hermann Hesses „Steppenwolf". Ich: „Nimm Dir den Harry Haller nicht zum Vorbild. Hesse war zeitlebens auf meinem Fachgebiet schwer krank. Wie Sigmund Freud hat er mit Drogen experimentiert, was ihm nicht gut bekam. Er rastete aus, wurde zum Aussteiger, hätte sich um ein Haar suizidiert." Er: „Hat dann aber doch noch den Nobelpreis bekommen." Ich: „Wahnsinn und Genie gehen manchmal Hand in Hand. Manchmal." Er: „Wie bei mir." Ich: „Gerade muss ich mich um einen Patienten kümmern, der so ähnlich denkt, deshalb Ärger mit der Polizei hat. Ich schaffe es heute nicht mehr auf die Insel, werde erst morgen Abend kommen, ruf dich von der Fähre noch mal an." Was waren das für Hintergrundgeräusche? Die Ansage eines Lautsprechers auf einem Bahnsteig? Es gab keine Züge auf Spiekeroog. Marvin legte auf.

Es klopfte an der Sprechzimmertür: "Herr Doktor, kann ich Herrn Mertens wieder zu ihnen bringen und dann gehen?" Sie wippte mit den Hüften, neigte den Kopf, versuchte es mit einem spitzbübischen Lächeln, so sehr hatte sie sich auf einen extra freien Nachmittag gefreut. Ich: „Ja, es ist gut Amirah, ein schönes Wochenende." Herr Mertens, penibelster frühpensionierter Finanzbeamter mit einer Zwangsstörung, schilderte zum hundertsten Mal seine lähmende Angst vor einer Ejakulation *(Samenerguss)*, die ihm alle Kraft raubte. Jedes Mal danach rumorte es im Unterleib, er fühlte sich unsagbar schmutzig, musste nach dem täglichen Onanieren stundenlang die Hände waschen. Seit er Fluoxetin einnahm, dauerte es immer länger zum Orgasmus zu kommen. Wir einigten uns darauf, jetzt dennoch mutig die Fluoxetin-Dosis von 40 auf 60 mg zu erhöhen, denn seit er diesen Serotonintransporter-Hemmer einnahm, konnte er erstmals seit

Jahren wieder das Haus verlassen, wenn auch nur behandschuht und mit Atemmaske. Seit der Corona-Pandemie-Hysterie war er nicht der Einzige, der mit einer derartigen Ausrüstung herumlief. Dem Hausarzt schrieb ich einen Kurzbrief, bat um EKG, Blutkontrollen, vergab den nächsten Termin bei mir in vierzehn Tagen. Was machte ich mit einem unversehens freien Freitagabend? Freunde, die ich mal eben spontan hätte kontaktieren können, hatte ich nicht. Meine Kinder warteten nicht gerade auf Spontanbesuche ihres wenig geliebten Vaters.

12.   Im woken Staatstheater

Wäre ich an jenem Abend allein im Haus geblieben, wäre die Gefahr groß gewesen, dass ich vor dem Kamin sitzend eine Flasche St. Emilion Grand cru entkorkt hätte, was meinen Blutdruck nach oben trieb und mein Herz stolpern ließ. Sohn Jasper hatte mich beim Blick auf das Langzeit-EKG gewarnt: „Lass das Trinken. Mit Vorhofflimmern ist nicht zu spaßen. Oder willst du den Rest deines Lebens Antikoagulantien *(Blutgerinnungshemmer)* schlucken?" Nein, wollte ich nicht, aber der Verzicht auf die halbe Flasche Roten am Abend fiel mir schwer, denn dieses kleine Molekül Ethanol C2H5OH löste auf wundersame Weise fast alle Ängste, versetzte mich in den Zustand einer Katze, die am Ofen liegend satt und zufrieden nicht an ein Morgen dachte, nichts begehrte, nichts fürchtete. Und dann schmeckte diese älteste Droge der Menschheit auch noch gut. Über Jahrhunderte hatten Winzer an der Qualität der Reben gearbeitet, den Prozess des Kelterns und der Lagerung optimiert. Mein Lieblingsphilosoph Roger S. hatte die verblüffende Geschichte der Kollusion zwischen Mensch und Wein zu Papier gebracht, betitelt „Ich trinke, also bin ich". Alkohol ist ein schlimmes Cancerogen, Rauchen noch schlimmer. Roger S. war Trinker und Raucher, hatte inbrünstig die wunderbaren Effekte beider Drogen auf sein Gehirn beschrieben, während sein Körper bis zum 75. Geburtstag den Zellgiften widerstand, dann elendig vom Lungenkrebs zerfressen wurde. Mir ging es sehr, sehr ähnlich, aber mein Angstniveau war höher als Rogers. Ich hatte zu oft den Erklärungen des Pathologen bei der Leichensektion gelauscht, wenn die stinkenden von Metastasen zersetzten inneren Organe der Trinker für uns Studenten auf Edelstahltabletts serviert wurden, oder der Professor durch Serienschnitte der Koronararterien die schwere Atherosklerose *(Arterienverkalkung)* eines Rauchers demonstrierte („hier, fühlen sie mal, alles hart wie eine Gänsegurgel"), beglückt mit einer Pinzette aus dem verschlossenen Blutgefäß einen fetten Thrombus *(Blutgerinnsel)* zog, der dem gerade mal 50jährigen Patienten aus heiterem Himmel ein sehr schmerzhaftes Ende durch akuten Herzinfarkt beschert hatte. „Vernichtungsschmerz" nannten die Kardiologen die letzte Empfindung so vieler ihrer Patienten, die das Absterben ihres Herzmuskels bei vollem Bewusstsein erleben durften. Nein, der Wein musste im Keller bleiben. Das Rauchen hatte ich ohnehin auf eine Pfeife am Abend beschränkt, zog den Qualm durch einen Aktivkohlefilter nur in den Mund ein, um nicht in die Lunge zu inhalieren, was das rasche Anfluten von Nikotin über die Mundschleimhaut nicht minderte, wohl aber das Eindringen von Cancerogenen in die Atemwege. Der Kettenraucher Michel H. hatte in seinem schmalen Roman „Vernichten" beschrieben, wie ein Mundhöhlenkarzinom seinem alter Ego, einem nikotinsüchtigen alten weißen Mann, einen Höllenritt in den Tod bescherte. Genau wie dieser französische Skandalautor musste auch ich meinem unterfunktionierenden Belohnungssystem im Hirn auf mancherlei Weise auf die Sprünge helfen. Visueller und akustischer Input war brauchbar. Also schaute ich kurz in den Online-Kalender des Staatstheaters. Es gab noch teure Restkarten für die Ballettaufführung an diesem Abend. Ich brauchte nur fünf Minuten durch die

Wallanlagen zu diesem in der Welt einmaligem Unikum ehemaliger Residenzstädte schlendern, wo sich das Bildungsbürgertum entschlossen hatte, ein Sieben-Sparten-Haus eisern zu finanzieren. In keinem Land der Erde gab es mehr Opernhäuser als in Deutschland. Zu verdanken hatte ich den imposanten Kulturtempel in fußläufiger Entfernung deutscher Kleinstaaterei des 18. und 19. Jahrhunderts, als jeder Fürst mit Gesang, Spiel und Tanz in den Abendstunden unterhalten werden wollte und das bitte in imposanter Kulisse, die das weit verzweigte Geschlecht bei Verwandtschaftsbesuchen beeindrucken sollte. Der Besuch kam damals gerne auch aus St. Petersburg, was der familiären Verbandelung des Großherzogs mit dem Zaren geschuldet war. 1893 wurde der alle Budgets sprengende neobarocke Kulturtempel eingeweiht, stand dort in seiner ganzen aristokratischen Pracht bis heute, wenn auch verunziert durch einen schmucklosen Anbau aus Glas und rohem Sichtbeton. Die Ensemble-Zerstörer waren eifrig am Werk, hatten mit einem ähnlichen Klotz von Mensaneubau auch das Gymnasium im neogotischen Stil vis-à-vis mit einem hässlichen Pickel gebrandmarkt. Die Kulturvandalen der Moderne erklärten Schönheit für überflüssig, weniger sollte mehr sein, war aber weniger. Die Innenarchitekten knickten vor diesem Minimalismus nicht ganz ein. Schon im Foyer ging ich über edle Natursteinplatten, gab meinen Mantel an einer mit feinstem Buchenfurnier vertäfelten Garderobe ab, wo die Garderobenfrauen doch tatsächlich noch Uniform trugen. Im Großen Haus hatte man es bei rotem Plüsch und Blattgold auf den Stuckaturen belassen, die Bühnentechnik für Unsummen auf den neuesten Stand gebracht. 450 festangestellte Kulturschaffende inklusive eigenem Sinfonieorchester ließen fast vergessen, dass der Nordwesten Deutschlands nicht zur sogenannten „blauen Banane" gehörte, also den historisch wirtschaftlich und kulturell florierenden Regionen Europas, die sich von Südengland über Belgien, Teile der Niederlande und Frankreichs, den Südwesten Deutschlands, die Schweiz bis nach Norditalien erstreckten. Dort startete die Renaissance, wurde der Buchdruck erfunden, lebten die Erfinder und Bastler der industriellen Revolution. Ostfriesland blieb mit seinen Wiesen und Kühen arm, aber der Großherzog protegierte in Sichtweite seines Schlosses die Künste. In seinem Prachtbau saß ich nun für 34 € in der dritten Reihe im Parkett (der Steuerzahler subventionierte jedes Ticket mit 100 €), nicht weit von der ehemaligen herzoglichen Loge entfernt, in der ein junger athletisch gebauter Mann mit militärischem Kurzhaarschnitt, einem kleinen Abzeichen der Bundespolizei auf dem T-Shirt, Platz genommen hatte, an seiner Seite eine große Sporttasche, in der etwas Sperriges stecken musste. Der Krieg an Israels Südgrenze und im Gazastreifen hatte die Terrorwarnstufe in Europa auf Rot gedreht. Voll besetzte Konzerthäuser waren ein Lieblingsziel islamistischer Terroristen, wo sich mit ein paar Handgranaten und Kalaschnikows unter den Ungläubigen ganz rasch ein Blutbad anrichten ließ. "Unser Land wird sich *ändern*, und zwar drastisch. Und ich freue mich darauf", das hatte die abgebrochene Theologie-Studentin und Anführerin der Grünen verkündet, als die Masseninvasion der jungen Muslime aus den Gewaltkulturen Westasiens Fahrt aufnahm. Freute sich die Mehrzahl der um mich herumsitzenden Grauköpfe ebenfalls? Die Mehrheit der Kulturschaffenden sicher, denn vor die Ballettaufführung hatten die Woken eine kurze Ansprache des Intendanten gesetzt, der sein Publikum an die große Demonstration gegen Rechts am morgigen Samstag erinnern musste. Die Theatermitarbeiter wären selbstverständlich mit dabei, wenn es gegen die Schwefelpartei ginge, man habe sich für eine musikalisch-tänzerische Aufführung auf dem Schlossplatz vorbereitet, um für Demokratie und Diversität in dieser Stadt aufzustehen. Verhaltener, sehr verhaltener Beifall. Ich unterdrückte mein Bedürfnis, wie bei einer missglückten Operninszenierung buh zu rufen. Sein Vorgänger hatte an seiner neuen Wirkstätte gleich die Opernchöre antreten lassen, um eine Wahlkampfveranstaltung der Schwefelpartei niederzusingen. Die Tanzcompagnie war dann so divers wie ersehnt, mit für meinen Geschmack etwas zu muskulösen dunkelst pigmentierten Tänzern, daneben kleinen asiatischen und untergewichtigen slawischen Tänzerinnen. Die Musik war elektronisch zu laut, also mit Dezibel, die die Hörschnecke im menschlichen Ohr marterten. Alle Techno-Begeisterten litten im Alter unter Tinnitus *(Ohrgeräuschen)* und Hörverlust. Warum traf man die Klugen in den kleinen Kammermusikräumen oder Konzertsälen, in denen auf elektronische Verstärkung verzichtet wurde, wohingegen die unteren Schichten die wummernden Bässe im Brustkorb spüren mussten? Leider hatte ich die Ohrfrieden-Wachskügelchen heute vergessen, musste mir als Notbehelf aus einem Papiertaschentuch Ohrstöpsel zwirbeln. Mit den jungen Tänzern empfand ich Mitleid, denn sie setzten sich seit der frühesten Jugend einer Quälerei durch völlig unphysiologische Belastungen aus, wurden spätestens mit Ende Dreißig ausgemustert, hatten dann für den Rest ihres Lebens unter Schmerzen durch Früharthrose der Fuß-, Knie- und Hüftgelenke zu leiden. Für mich Schlechtdenker auch eine Art von Missbrauch. Eine ehemalige Balletteuse wohnte in der Dachmansarde der Villa neben mir, war als Studentin aus dem mittleren Westen der USA zum Provinzensemble gestoßen, hatte eine Liaison mit dem Intendanten begonnen, was ihr zu einer langjährigen Anstellung verhalf. Auch ich fand sie unwiderstehlich mit der schneeweißen Haut der Rothaarigen, einem makellosen Schneewittchen-Gesicht und amerikanischer Unbekümmertheit. Während einiger weniger Teestunden kam es leider zu keiner Annäherung, obwohl ich fließend in ihrer Muttersprache kommunizieren konnte, Komplimente machte, die sie nur müde lächeln ließen. Was sie abschreckte, war wohl mein düsterpessimistischer Blick auf die Welt, in der wir lebten. Dabei hatte sie mit mittlerweile 50 Jahren auch wenig zu lachen. Nach einem späten Lehramtsstudium im Schuldienst vollschichtig angestellt, konnte sie kaum noch gehen oder stehen, so schmerzten beide Füße und Knie. Der Orthopäde hatte ihr mitgeteilt, dass sie noch etwas zu jung für einen Gelenkersatz sei, den man besser noch ein paar Jahre hinauszögern sollte. Einen fantasierten Spagat über mir würde sie kaum noch hinbekommen. Nein, Berufe, in denen man seinen Körper ruinieren musste, um andere Menschen zu unterhalten, konnten keine guten Berufe sein. Immerhin war es ein gewisser zivilisatorischer Fortschritt, dass das Publikum nicht mehr nach dem gegenseitigen Abschlachten von Gladiatoren verlangte, wobei der eine oder andere Profiboxer auch heute noch gelegentlich tot im Ring liegen blieb, allen Kampfsportlern Demenz oder Parkinsonismus drohten. Auch Fußball zählte zu den Kampfsportarten. Selbst im Orchester setzten einige Musiker ihre Gesundheit aufs Spiel. Mein Lieblingsinstrument war die Oboe gewesen, bis ich in einem Kammerkonzert in der ersten Reihe sitzend einen französischen Meisteroboisten aus nächster Nähe beobachten konnte, an dessen Hals sich beim nötigen Druckaufbau am winzigen platt gequetschten Pfahlrohrmundstück seines Instrumentes enorme Kehlsäcke wie bei einem Frosch oder Orang-Utan blähten. Sein Gesicht wurde erst rot, dann blau, es sah nicht gesund aus. Ein Drittel der Orchesterprofimusiker mussten aus gesundheitlichen Gründen Frührente beantragen. Heute hatten sie Pause, weil die Ballettmusik als Datei vom Computer aus riesigen Lautsprechern auf die Ohren des Publikums eindrosch. Also verließ ich die Vorstellung mit misanthropischen *(menschenfeindlichen)* Gefühlen, schlenderte durch die Wallanlagen, was sich längst nicht mehr alle Alteingesessenen nachts trauten. Dafür waren zu oft zu viele „Goldstücke" im Rudel unterwegs, baten spontan mit dem Messer an der Kehle um Smartphone und Brieftasche. Das kostenlose Busticket zur Theaterkarte gab es bereits, demnächst würden es wohl Taxi-Gutscheine sein müssen. Was wäre es romantisch gewesen, wenn mich heute Abend meine US-amerikanische Elfe in die Vorstellung begleitet hätte, wir uns gleich zum Tête-à-Tête vor meinen Kamin bei einem Gläschen hätten setzen können. Sie wohnte doch nebenan. Ich hatte offen mit ihr über meinen schwierigen Charakter gesprochen, meinen Agreeableness-Score *(Maß für die Verträglichkeit)* von drei erläutert (0=unsympathischster Mensch, den man sich vorstellen kann, 10=sympathischster Mensch, den man sich vorstellen kann), auf ihr pädagogisches Interesse, gar mütterliche Gefühle gehofft. Das Gegenteil war der Fall. Ich musste wieder einmal für meine Charakterpathologie büßen, lernte, dass „jemandem die kalte Schulter zeigen" auch im Englischen „to give someone the cold shoulder" heißt, als ich versuchte, ihre weiße, von Sommersprossen übersäte zu küssen. So setzte ich mich an diesem Abend nach einer durchwachsenen Ballettvorführung allein in den genial konstruierten Liege-Schlafsessel vor den Kamin, goss mir verbotenerweise einen Linie-Aquavit ein. *Wer Kummer hat, hat auch Likör.* Wilhelm Busch musste es wissen, war er doch alkohol- und tabakabhängig gewesen. Ich musste mir seine Kurzgeschichte „Eduards Traum" in der Landesbibliothek bestellen. Obwohl medial und in Künstlerkreisen mit wohl gefülltem Portemonnaie präsent, verfehlte Wilhelm den Sinn des Lebens, konnte das Leben nicht weitergeben. Lebte er zölibatär nur für seine Kunst oder bezahlte er in der Münchner Boheme Prostituierte? Das war im 19. Jahrhundert nichts für ängstliche Gemüter wie Busch. Die Syphilis wütete grauenhaft. Eduard von Keyserling zerfraß das Syphilisbakerium Treponema pallidum Rückenmark und Augen. Auch er hatte München als Wahlheimat der Künstler und Schriftsteller gewählt. Kannten und trafen sich die beiden Junggesellen? Zwar war Syphilis heute kurabel, dafür die durch Austausch von Körperflüssigkeiten übertragbaren

Viren ein Problem, Genitalherpes, HPV und HIV immer noch nicht auszurotten. Nein, den Höllenweg käuflichen Sexes, den mir ein Priester auf der Couch gebeichtet hatte, würde ich nicht beschreiten, da konnten die altersbedingten Entbehrungen noch so quälend wachsen. Moses hätte in die Steintafel zu den zehn Geboten ein elftes nur für Männer meißeln sollen, bevor er sie in die Bundeslade packte: Du sollst nicht zu Prostituierten gehen!

Die moralisch überlegenen Skandinavier hatten das getan, deren manche notgeilen Männer von nun an aus dem geläuterten Norden in den Weltpuff Deutschland reisen mussten, weil den Freiern in Stockholm Gefängnisstrafen drohten.

13.   Evangelische Erotomanie

Eines musste man Benedikt B. lassen, er konnte auf den Punkt kommen: „Ich bin sexsüchtig. Helfen sie mir." Masturbation und das Schauen von pornografischen Videoclips im Internet absorbierten ihn täglich für Stunden. Mit Anfang Fünfzig seit fünf Jahren geschieden, Vater von drei heranwachsenden Kindern, stand er alleinlebend im Pfarrhaus unter verschärfter Kontrolle nicht nur der Gemeinde, die mit Argusaugen über seinen Umgang mit den weiblichen Beschäftigten wachte. In Zeiten von Me-too und Missbrauchsskandalen war es sehr gefährlich, den Talar auch nur wenige Zentimeter zu lüften. Also begann er mit Prostituierten im Internet zu chatten, besuchte diese immer öfter in der nahegelegenen anonymen Großstadt. Sie waren alle 18 (hoffentlich) bis 28 Jahre alte Osteuropäerinnen, die seine erotischen Fantasien wahr werden ließen, perfekt schauspielerten, so zu täglichen Besuchen animierten. Dafür reichte der A13-Sold eines Kirchenbeamten nicht, der schließlich auch noch Unterhalt für drei Kinder zahlen musste. Aus finanziellen Gründen konnte er seine Neurose nicht leben. Aber die Sucht war so stark, dass er ein ums andere Mal in die Gemeindekasse griff, Probleme hatte, die Konten am Monatsende wieder auszugleichen. Es war die Angst vor einer Anzeige wegen Unterschlagung, die ihn in meine Sprechstunde trieb. Als Privatpatient fiel er nicht unter Budgetbeschränkungen, sodass ich ihm zwei 50 Minuten Termine in der Woche anbieten konnte, dabei das klassische freudianische Setting wählte, Benedikt sollte sich auf die Couch legen und frei assoziieren. Ich lauschte für ihn unsichtbar im Liegesessel seinen Tiefenbohrungen in blutjunges weißes slawisches Fleisch. Nach sechzehn Sitzungen bat er mich um mehr als nur sparsamste Deutungen, wollte es mit einer Hypnose versuchen. Ja, ich war auch ausgebildeter Hypnotiseur, induzierte gerne Trance, gab am Ende der Sèance die ersehnten posthypnotischen Befehle: Du bleibst bei dir. Die Körper der Mädchen sind dir gleichgültig.

Und es half! Einen Monat verzichtete er auf die Ausflüge in die Nähe der Reeperbahn, konnte die Gemeindekasse vom Soll ins Haben befördern. Dann der Rückfall, der Absturz, ein heulender Benedikt vor mir mit einem Brillenhämatom, hatte er doch nach der Erkundung der drei Körperöffnungen von Anastasia und Milana als Stammkunde nicht bar zahlen können. Deren Beschützer wollten keinen Kredit geben, sondern warfen ihn buchstäblich vor die Tür, halbnackt, mit zwei blauen Augen. Die Gemeinde war irritiert über einen Hirten mit großer dunkler Sonnenbrille im Gottesdienst. Er verlangte nun drastischere Methoden als eine Redekur. Ich klärte ihn über die pharmakologischen Möglichkeiten der Therapie von Triebtätern und Sittenstrolchen auf, empfahl das bewährte Medikament A. Das darin enthaltene Cyproteronacetat ist ein Gegenspieler des Testosterons, führt zu einem starken Nachlassen des sexuellen Verlangens. Wir vereinbarten vor Therapiebeginn Blutbild- und Leberwertkontrollen, dann sollte er mit zweimal fünfzig Milligramm pro Tag starten.

Begierig nach einem Soforteffekt, hat er rasch die Dosis wie es im Beipackzettel stand auf dreimal zwei Tabletten erhöht, registrierte selig den Absturz seiner Libido, etwas betrübt die parallele Erektionsunfähigkeit, besorgt eine rasante Gewichtszunahme. Nach nur drei Monaten war er zum fetten Kapaun *(kastrierter Hahn)* geworden. Nächste Woche sollten wir es nochmals mit Hypnose versuchen.

In wenigen Stunden wollte ich im Morgengrauen zur Insel aufbrechen, also war es Zeit für die Nachtruhe. Mein Schlafzimmer lag im zweiten Stock nach hinten zum Garten hinaus, wo man geschützt durch Dreifachverglasung nicht erwachte, wenn ein Autoposer es nicht lassen konnte, in seinem Pickup auf LKW-Reifen mit hohem Tempo um Mitternacht über das alte Kopfsteinpflaster durch die verkehrsberuhigte Anliegerstraße zu brettern. Lange vor dem Tod meiner Frau hatten wir getrennte Schlafzimmer bezogen, weil sie mein lautes Schnarchen nicht ertragen konnte. Das Mobiliar ließ ich von einem Tischler, der sich selbst Holzkünstler nannte, im Jugendstil fertigen. Diese letzte Blüte europäischer Kultur vor dem Untergang im Ersten Weltkrieg hatte es mir angetan nach Besuchen in Häusern, die Charles Rennie M. in Glasgow gestaltet hatte und Heinrich V. ganz in meiner Nähe in Worpswede. An die Wände hängte ich gerahmte Kunstdrucke aus dieser Zeit, legte dazu stilbrechend vor das große Doppelbett einen bunten handgeknüpften Perserteppich mit modernem Dekor, auf dessen Wolle ich gerne mit nackten Füßen stand. Wie viele Kinderhände ihn gewebt haben mochten? Mit Liebe zum Detail frisierte ich diesen Raum auf Behaglichkeit. Im Bücherregal stand Witold R.s Monografie „Über den Verlust der Behaglichkeit. Wohnkultur im Wandel der Zeit" – als Rechtfertigung für das Zurückdrehen der Uhr um hundert Jahre. Ich war zu müde, um noch in einen der Kunstbände auf dem Nachttisch zu schauen, schlief einfach rasch ein.

14.   Der Mann mit den roten Schuhen II

Um 4.13 Uhr läutete es an der Eingangstür Sturm. Ich knipste das Licht an, aktivierte den kleinen Monitor mit Verbindung zur Überwachungskamera im Hauseingang. Da stand ein wild gestikulierender Hamza Saad, hinter ihm ein Taxi, dessen Fahrer etwas rief. Ich schaltete den Lautsprecher ein: „Doktor, Doktor, machen sie auf. Ich muss mit ihnen reden." Im Hintergrund der Taxifahrer im schönsten Schwyzer Dütsch: „Sie bekommen noch Wechselgeld, aber ich kann nicht rausgeben." Er: „Fahren sie, fahren sie!" Ich zog meinen seidenen Hausmantel über, lief eilig die breite Eichentreppe in die Beletage, entriegelte das Eingangsportal. Mit wirrem Blick stürmte Saad herein: „Es ist schlimm, es ist schlimm!" Ich: „Kommen sie, setzen wir uns ins Kaminzimmer". Er konnte keine Minute stillsitzen, sprang immer wieder auf, lief im Zimmer herum, erzählte eine wirre Geschichte über eine 500 Millionen Investition, die drohte den Bach hinunterzugehen, über einen Security-Mann am Flughafen, der ihn gefragt habe, ob er Waffen oder Sprengstoff dabeihätte – offensichtlich wegen seines arabischen Namens. Da hatte er diesen Blödmann angeschrien: „Was guckst Du? Eine Atombombe für Dich und alle Ungläubigen! Allahu Akbar!" Prompt hätten ihn die Security-Männer zu Boden gebracht, dann kam die Polizei. In der Vorwoche hatte er heikle Vertragsverhandlungen mit der jungen Juristin einer amerikanischen Private Equity Gesellschaft geführt, sich prompt spontan verliebt. Sein Charme brauste derart auf, dass er sie im Sturm nehmen konnte. Da ihm die hochdosierte Psychopharmakabehandlung als Nebenwirkung Erektionsprobleme bereitete, ließ er die Tabletten abrupt weg, was den schlummernden Löwen in ihm weckte. Durch die Injektion des Polizeiarztes nur mäßig sediert, entwischte er seiner Begleitperson in der Wartezone kurz vor Abflug der Maschine. Der faule Schweizer Kollege hatte die Situation völlig falsch eingeschätzt. Wahrscheinlich hätte die Kabinenbesatzung ihn ohnehin nicht mitfliegen lassen, sondern bei der Gesichtsinspektion vor Betreten der Kabine aussortiert. Darin waren Purser oder Purserette *(ranghöchste Flugbegleiter)* gut. Er marschierte an einen Geldautomaten, füllte seine Brieftasche, guckte nach einem Taxi im Ankunftsbereich, nannte als Fahrtziel meine Adresse in Deutschland. Der Fahrer tippte in sein Navigationsgerät, staunte nicht schlecht: „Das sind 838 km. Wir wären neun Stunden unterwegs?" „Fahren sie!" Der schon etwas ältere Chauffeur zeigte auf sein kaputtes Kartenlesegerät, bat um einen Bargeldvorschuss. Saad griff in seine Brieftasche, zählte ihm tausend Schweizer Franken auf die Hand. Der Fahrer nickte dankbar: „Ich heiße Reto, dann auf eine angenehme Autobahnreise, Herr …?" „Saad, Hamza Saad." Fahrer: „Sie können froh sein, dass ich meine Schicht gerade begonnen habe. Es ist mein eigener Wagen. Angestellte Fahrer lohnen sich nicht mehr. Ich sage meiner Frau kurz Bescheid, dass sie heute und morgen keine Fahrten mehr annehmen kann. Haben sie Hunger, sollen wir noch schnell Reiseproviant aufnehmen?" Nein, Saad hatte keinen Hunger, der Fahrer seine Thermoskanne und Stullen dabei. So oder ähnlich stellte ich mir seine manische Reise vor. Nun galt es, ihn zu sedieren, sofort wieder antipsychotisch zu medizieren. Ich ging zum Arzneimusterschrank, griff eine Schachtel mit Quetiapin-Tabletten heraus, bat Saad 200 mg zu schlucken, was er artig tat, dazu noch 2 mg Lorazepam mit einem großen Glas Wasser. Die Wirkung setzte nach dreißig Minuten ein. Er konnte im Sessel sitzen bleiben, war fähig meine detaillierten Fragen eines psychiatrischen Interviews zu beantworten, ohne vom Hölzchen aufs Stöckchen zu kommen. Ja, er hatte in den letzten Tagen auch daran gedacht, sich das Leben zu nehmen. Schließlich drohte ihm der Bankrott. Ein Sprung von einer

Brücke oder aus dem Hotelfenster, mehr Mut brauchte es doch nicht. So eine gemischt manisch-depressive Episode war brandgefährlich. Allein durfte ich ihn nicht lassen. Es war ohnehin schon fast sechs Uhr, um sieben musste ich spätestens aufbrechen, um die Fähre zu erreichen. Also stellte ich ihn vor die Wahl: entweder stationär in die psychiatrische Klinik oder mit mir einen Wochenendausflug auf die Insel. Er zog den Inselausflug an der Seite seines Leibarztes der Gummizelle vor. Ich staffierte ihn mit meiner weitesten Funktionskleidung aus, die ihm knapp passte. Auf der Fahrt nach Neuharlingersiel schlief er ein, ließ sich vor der Fahrkartenausgabe am Anleger leicht wecken. Er sollte hier in der Schalterhalle auf mich warten, bis ich den Wagen auf einem der Mietstellplätze losgeworden war und die fünf Minuten Fußweg retour bewältigt hatte. Als ich zurückkam, saß er nicht mehr auf der Bank vor den Schaltern. Ich kaufte eiligst zwei Tickets, suchte in der Männertoilette nach ihm, lief in Richtung Anleger, wo ich ihn in meiner Allwetterjacke mit den Neonreflexstreifen sofort sah, gefährlich nah an der Spundwand des Hafenbeckens kippelte er von den Fersen auf die Zehenspitzen. Ich rannte los, packte ihn an den Schultern: „Herr Saad, das Schiff kommt erst in zehn Minuten. Wir stellen uns in die Schlange der Wartenden, dann bekommen wir einen Platz auf dem Oberdeck." Er torkelte bedenklich, ich hatte den Arm um seine Schulter gelegt. Beim Abknipsen der Fahrkarten, grinste der Ostfriesenmatrose: „Und gleich an die Bar für den nächsten Grog?" Ich lächelte säuerlich. Die Sonne schien, es wurde rasch wärmer, ein windgeschütztes Plätzchen im Freien an Deck fand sich noch. Mehrmals versuchte ich Marvin anzurufen, aber es säuselte nur der Anrufbeantworter: „Tjöhö, rate, wo ich bin, du rätst es nie. Also versuch es später oder nie!" Saad verlangte nach einem Kaffee, den ich uns vom Schiffskiosk holte. Es ging ihm besser, vom Hafen zur Ferienwohnung lief er ordentlich. Auf dem Weg stoppten wir am einzigen Supermarkt der Insel, ich holte Brötchen, Milch, Butter und ein Glas Sandornmarmelade. Wer konnte wissen, ob Marvin eingekauft hatte? Das Haus war leer, die Tür nicht abgeschlossen, sondern nur ins Schloss gefallen. Unordnung hatte er keine angerichtet. In der Küche bereitete ich uns ein ordentliches Frühstück, versuchte weiter, den Jungen zu erreichen. Mein kleiner Inselrucksack fehlte, ebenso die große Thermoskanne und der Panama-Strohhut. Er musste unterwegs sein. Saad fühlte sich fit für einen Strandgang, ich erinnerte mich an die letzte Information „letzter Standkorb vor dem Hundestrand". Die Insel war klein, wir liefen keine halbe Stunde durch die Dünen, passierten den noch nicht besetzten DLRG-Turm, bis der hölzerne Slurpad endete, wir durch knöcheltiefen feinen Sand waten mussten. Blauer Himmel, weiße Wölkchen, leichte Brise, bis auf Möwengeschrei Stille. In der Vorsaison waren nur wenige Spaziergänger unterwegs, die meisten Strandkörbe noch leer. Es war tatsächlich der letzte, aus dem ein paar Beine herausragten. „Marvin, nicht erschrecken. Du bekommst Besuch." Er lag da merkwürdig abgeknickt mit einem leichenblassen Gesicht. Weder am Handgelenk noch am Hals konnte ich einen Puls tasten, der Kiefer war bereits durch Totenstarre fixiert, die Arme noch frei beweglich. Also war er bereits seit mindestens zwei Stunden tot. Saad fragte ungläubig: „Ist der Junge tot?" Ich: „Ja, ich verständige Notarzt und Polizei." Dabei gab ich mich als Arzt zu erkennen, was Tatütata überflüssig machte. Der Dorfpolizist kam ebenso wie der Inselarzt mit dem Fahrrad: „Herr Kollege, wissen sie irgendetwas über den Gesundheitszustand des jungen Mannes?" Ich: „Er war drogenabhängig." Von möglichen Verfolgern und Drogengeschäften wollte ich erst einmal nichts berichten. Er: „Also natürlicher Tod kann ich auf dem Totenschein nicht ankreuzen." Dorfpolizist: „Ich rufe die Staatsanwaltschaft an. Die Leiche wird dann in die Gerichtsmedizin gebracht. Wollen sie die Angehörigen informieren?" Diese traurige Aufgabe sollte ich wohl übernehmen, auch wenn das für meinen

Bruder die ultimative Niederlage werden würde. *Lehrers Kinder und des Pfarrers Vieh gedeihen selten oder nie.* Das Sprichwort rührte an seinen wunden Punkt. Das Telefongespräch mit ihm dauerte fast eine halbe Stunde. Er war merkwürdig gefasst, so als hätte er diesen bösen Ausgang geahnt nach all den Schwierigkeiten, die Marvin ihm bereitet hatte bis zu buchstäblichen Ringkämpfen im eigenen Haus. *Wehe, wehe, wenn ich auf das Ende sehe,* so hatte Busch das Ende seiner Lausbuben angekündigt, die nicht hören wollten. An mich ging der Vorwurf, ihn als Vater über eine Woche nicht von Marvins Aufenthalt informiert zu haben. Ich: „Er wollte das nicht." Was gelogen war. Ich hatte ihn gar nicht gefragt, ob seine Eltern wüssten, wo er sich aufhielte. Der Junge war fünfundzwanzig. Zur Todesursache konnte ich nur spekulieren: Ein bisher unerkanntes gesundheitliches Problem? Auch junge Menschen fielen mitunter infolge Herzrhythmusstörung tot um. Oder doch ein Drogenproblem? Mir gegenüber hatte er beteuert, clean zu sein. Bei einer kurzen Inspektion der Leiche am Strand fanden sich weder Strangulationsmale am Hals noch Stich- oder Schussverletzungen. Die Obduktion würde Klarheit bringen, was eine Woche in Anspruch nehmen sollte. Ich blieb mit Saad bis Sonntagabend auf der Insel. Unter seiner alten Quetiapin-Dosierung war die Stimmung stabil, er sprach zusammenhängend, war nicht mehr gelockert in seinen Assoziationen, verneinte suizidale Gedanken ausdrücklich. Er: „Bleibt mir die Klapse erspart?" Ich: „Denke schon. Sie müssen den Stimmungsstabilisierer regelmäßig einnehmen wie ein Uhrwerk. Sollten die Nebenwirkungen auf das Geschlechtsleben hartnäckig bleiben, müssen wir es mit einem anderen Präparat versuchen. Die Wirkung auf ihr Hauptproblem ist allerdings so überzeugend, dass ich eher zu „never change a winning team" *(kein Auswechseln in einem Team auf der Gewinnerspur)* rate." Er lachte: „Aber ich habe die letzten Wochen gar nicht gewonnen." Humor und Ironie waren ein gutes Zeichen. Die Rückreise am Sonntag nutzten wir für eine ausführliche Analyse seiner beruflichen und privaten Eskapaden. Musste er immer und immer wieder voll ins Risiko gehen? Konnte er nicht ein bombenfestes Portfolio aus den Gewinnen seiner Geschäfte anlegen, um einige Zeit zu pausieren? Für das pulsierende Auf und Ab seiner Emotionen wäre ein ruhiger Heimathafen, eine feste Beziehung ein wichtiger Anker. Das ständige Reisen, die Gier nach Neuem heizten das an, was Psychiater im Extremfall als „rapid cycling" beschrieben mit dem Ausbrennen dieser Psychose nach Jahren, wenn es nicht vorher zu einem bitteren Ende kam. Vom Inselausflug zurück fragte er mich im Praxiseingang spontan: „Kann ich wohl noch ein paar Tage bei ihnen bleiben?" Nun, das war ein psychotherapeutisches No-Go, aber ich hatte ohnehin bereits alle Grenzen überschritten. Zum Glück war Saad männlichen Geschlechts (und ich nicht schwul). Also durfte er in die ehemaligen Kinderzimmer in der Dachmansarde einziehen, wo er ein stiller Gast blieb, der mir abends bei den Mahlzeiten angenehme Gesellschaft leistete. Für Freitag hatte er einen Flug nach Zürich gebucht. Als wir am Donnerstagabend bei einem Abschieds-Käsefondue saßen, lag ein kleines Kistchen aus Zedernholz mit Intarsien, Messingbeschlägen und Schloss neben seinem Teller. Er schob es mir zu: „Das ist für sie. Habe ich heute bei einem libanesischen Juwelier erworben. So wie sie mir aus der Klemme geholfen haben, können sie vielleicht einmal jemandem, der ihnen sehr am Herzen liegt, mit dem Inhalt helfen. Öffnen sie das Etui nur für einen Menschen, der ihnen viel bedeutet, so viel wie sie mir bedeuten. Darin schlummert ein moderner Dschinn, der drei Wünsche wahr werden lässt." Ich war gerührt, bedankte mich, schloss das Schmuckstück mit seinen arabischen Schriftzeichen und dem intensiven Duft der Zedernbaumwurzel in meinen Safe, wo es nun von der Pistole bewacht wurde. Am nächsten Morgen rief er ein Taxi für die Fahrt zum Flughafen. Er hatte sich in den letzten Tagen noch neu eingekleidet, war wieder ganz Geschäftsmann im feinen Zwirn. Ich habe nie wieder etwas von ihm gehört.

Dafür klingelte am Samstag das Telefon. Mein Bruder teilte mir unvermittelt mit, dass Marvins Beerdigung am Dienstag um 12.00 Uhr stattfinden würde, ab 14.00 Uhr kleine Kaffeerunde für den engsten Familienkreis im Gemeindehaus neben dem Friedhof. Die Staatsanwaltschaft hatte den Leichnam freigegeben, nachdem die Obduktion keine Hinweise auf ein Fremdverschulden erbracht hatte. In Körperflüssigkeiten und Haaren waren Kokain und Cannabinole nachgewiesen worden, dazu ein extrem hoher Fentanyl-Spiegel im Serum, die wahrscheinliche Todesursache durch Atemlähmung. Die Polizei hatte durch Handyortung ein Bewegungsprofil erstellen lassen. Marvin hatte die Insel verlassen, fuhr nach Bremerhaven, um einen Tag später zurückzukehren. Hatte er sich in Bremerhaven Kokain besorgt? War er der gefährlichen Beimischung von Fentanyl zum Opfer gefallen? Fentanyl, ein Narkosemittel als synthetisches Opiat fünfzigmal stärker als Heroin. Dealer, die sich da im Milli- statt im Mikrogrammbereich bei der Beimischung zum Anfixen ihrer Kunden irrten, brachten Opiatnaiven den sicheren Tod ins Haus, selbst wenn diese nur Kokain bestellt hatten. Über die USA schwappte gerade eine Welle solcher tödlicher Fentanylunfälle. Als Drogentherapeut hatte ich bei Marvin kläglich versagt, professionelle Standards einfach ausgehebelt. Es hatte einen Grund, warum Verwandtenbehandlung in angelsächsischen Ländern verpönt war. Britische Ärzte durften noch nicht einmal für sich selbst ein Rezept ausstellen. Mich tröstete der Gedanke, dass es mehrere solcher Fälle eklatanten Versagens in meiner beruflichen Laufbahn gegeben hatte. Ich war eben kein so guter Arzt. Amirah freute sich auf ein frühes Ende der Sprechstunde am Mittwoch um 10.30 Uhr.

15.   Funeral for a friend (Beisetzung eines Freundes)

Die Kirche im Dorf war einer jener kleinen jahrhundertealten schlichten Backsteinbauten, die gut zur flachen Landschaft Ostfrieslands passten. Die Landbevölkerung war immer arm gewesen, es gab Ostfriesenwitze, dazu eine kultige Fernsehserie über Plattdeutsch sprechende Marschbewohner mit einem IQ<90 („Doof keeken un nix wusst"). Als ich den niedrigen Sakralbau betrat, erklang über Lautsprecher, aber nicht sehr laut, Elton Johns Version von „Funeral for a friend" passend zum bunten Völkchen, das in den Bänken zusammengerückt war. Trauerkleidung war ausdrücklich nicht erwünscht. Marvins Großeltern waren bereits verstorben, viele Freunde hatte er nicht gehabt. Den Trauergottesdienst leitete die ehebrecherische zur Religionspädagogin degradierte Ex-Pfarrerin im Talar mit nackten Füßen in Birkenstocksandalen. Hier geschahen merkwürdig unorthodoxe Dinge. Aus der Totenrede sind mir nur noch Bruchstücke in Erinnerung: „Die Gesellschaft hat es Marvin nicht leicht gemacht… Wer unter euch *ohne Sünde* ist, der *werfe den ersten Stein...* Matthäus 19,30 … So werden die Letzten die Ersten sein und die Ersten die Letzten…" Am Ende verließen wir das Gotteshaus von Elton John recht laut beschallt: You lived your life like a candle in the wind *(Du lebtest dein Leben wie eine Kerze im Wind).* Für *meine* Beerdigung wünschte ich mir Wolfgang Amadeus Mozarts Maurerische Trauermusik KV 477. Beim Leichenschmaus war ich ein gesuchter Gesprächspartner, weil alle ein morbides Interesse an den Details eines Inseltodes in sehr jungen Jahren hatten, sich von mir als Arzt Aufklärung erhofften. Marvins Mutter war nicht zur Beerdigung ihres Sohnes erschienen, der noch heute kremiert werden sollte mit Urnenbestattung zu einem späteren Zeitpunkt. Mein Bruder, Althippie mit langem grauem Zopf in schwarzer Zimmermannshose aus grobem Cord, tänzelte zwischen den Tischen, lächelte, klopfte seinen offensichtlich queeren und woken Freunden auf die Schultern. War er erleichtert, dass der Tunichtgut endlich geschrotet war?

Kurz, im ganzen Ort herum, ging ein freudiges Gebrumm: Gott sei Dank! Nun ist`s vorbei mit der Übeltäterei!

Mein Bruder setzte sich neben mich, presste die Lippen aufeinander, guckte mir fest in die Augen: „Gut zu wissen, dass Marvin seine letzte Lebenswoche mit dir verbringen konnte. Dich hat er immer bewundert, seinen klugen und so erfolgreichen Onkel. Deine Villa, die seltenen Stunden mit seinen Cousins und Cousinen in diesem verwunschenen Turmzimmer, das hatte ihn schwer beeindruckt." Ich nickte: „Wir fanden noch Zeit für gute Gespräche. Er schien mir bereit für einen Neuanfang – ohne Drogen. Ich mache mir Vorwürfe, dass ich ihn nicht lückenlos überwachen konnte mit einem Patienten im Schlepp, dem es scheinbar noch schlechter als Marvin ging. Dann muss da irgend so ein durchgeknallter Dealer auftauchen und ihm untergemischtes Gift verkaufen. Weiß seine Mutter von dieser Tragödie?" Er: „Wir konnten sie nicht erreichen, Aufenthaltsort unbekannt." Ich erinnerte ihn, dass unsere eigene Mutter vom Tod ihrer Mutter aus der Zeitung erfuhr. Kinder werden selten glücklicher als ihre Eltern. Marvins zahlreiche Geschwister gingen den Schilderungen meines Bruders nach ebenfalls durch sehr schwierige Zeiten. Ich war der einzige im Raum im schwarzen Anzug, weshalb mich ein Spätkommer ansprach: „Sind sie der Pfarrer?" Man würde mich über den Zeitpunkt der Urnenbeisetzung in den nächsten Wochen informieren, weil diese als eine Art Happening mit anschließendem Sommerfest geplant war, live Band und Rave inklusive - mit mir als Fremdkörper besser nicht.

16.   Amirah – arabisch-ägyptisch: Prinzessin der Freude

Am Donnerstag kam mit der Post ein Schreiben vom Amtsgericht, das mich öfter in Betreuungsangelegenheiten anfragte. Diesmal war es – Überraschung - ein Pfändungs- und Überweisungsbeschluss, nein, nicht gegen mich. Ich hatte als Arbeitgeber zwei Wochen Zeit, um dem Gläubiger meiner Angestellten eine Drittschulderklärung zu übermitteln. Ich bat Amirah nach der Sprechstunde zu mir. Sie brach sofort in Tränen aus, heulte wie ein Schlosshund. Ich stand auf, beugte mich zu ihr herab, nahm sie in den Arm, legte meinen Kopf an ihren. Was für einen herrlichen Duft ihr frisch gewaschenes dichtes pechschwarzes Haar verströmte. Dann setzte ich mich auf meinen Chefsessel zurück: „Um wie viel geht es?" Sie: „25 000 Euro." Ich zog die Luft tief ein, seufzte. Ihr Mann, Ahmer Abdelkader, hatte Mist gebaut mit der Beteiligung an der Shisha-Bar seines Freundes. Sein teurer Wagen war bereits gepfändet, demnächst sollte der Gerichtsvollzieher erneut klingeln. Schlimmer noch, die Cousins aus der Shisha-Bar hatten im gedroht: Käme das Geld nicht bald in bar, sollte er sich Sorgen machen um die schönen Gesichter seiner Frau und Tochter. Hoffentlich schwappte die Bestrafungsmode der Säureattacken unter muslimischen Südasiaten, von der ich in einem Fachartikel kürzlich gelesen hatte, nicht aus London zu uns herüber. Mal eben von einem Konto einen Batzen Bargeld abheben, war für mich heikel. Die Banken unterlagen einer strengen Meldepflicht beim geringsten Verdacht auf Geldwäsche, ich musste als Selbständiger alle meine Kontoauszüge am Jahresende lückenlos im Steuerbüro einreichen. Da fiel mir das bleischwere libanesische Zedernwurzelholzetui im Safe ein. Was den Inhalt betraf, hatte ich einen Verdacht, der vielleicht eine Tragödie unter Libanesen verhindern konnte. Ich sollte Amirah mit ihrer kleinen Familie retten, zumindest fürs Erste. Durfte ich dafür einen Gefallen erwarten? „Hast du noch ein paar Minuten? Lass uns ins Kaminzimmer gehen." Ich war ins Du gesprungen, platzierte sie auf das Zweiersofa, legte einige Scheite auf, brühte ihr einen Tee mit viel Zucker. Das hatte ich mir gemerkt, sie mochte es süß. Wir saßen da, Körper an Körper, sie rückte nicht ab. „25 000 sind auch für mich keine kleine Sache. Du weißt, dass ich schwer in dich verliebt bin?" Sie kniff die Lippen zusammen, senkte den Kopf, guckte ängstlich. Ich mit ganz leiser Stimme flehentlich: „Noch nie habe ich für eine Frau solche Gefühle gespürt wie für dich. Ich liebe deine kleine Tochter, ich mag deinen Mann. Wenn ich ein Risiko eingehe, euch aus der Patsche helfe, könntest du dir vorstellen, meine Liebe ganz im Geheimen ein bisschen zu erwidern? Niemand würde es jemals erfahren. Du, nur du könntest mich glücklich machen. Warum sollen immer nur Männer mehrere Geliebte haben?" Sie schwieg einige Sekunden, griff meinen Kopf, drückte mir einen Kuss auf die Lippen. Wir rieben die Nasen, wechselten vom Sofa in den zweiten Stock, wo sie nicht schlecht über mein Kunstwerk Schlafzimmer staunte. Amirah war in dieser Jugenstilkulisse nackt so viel besser, als ich jemals hätte hoffen dürfen. Eine für mich verdrießlichen Nordmenschen unglaubliche Mischung aus purer jugendlicher Lebensfreude tobte auf meinen Spannbettlaken. Ihr Intelligenzquotient war niedrig genug für naiv-distanzlose Paarung ohne viel störendes Nachdenken. Für mich war es der Himmel, das Paradies. Es brauchte gar nicht die 72 vom Propheten versprochenen Jungfrauen – eine gebrauchte reichte mir völlig. Erschöpft lag ich nach einer Stunde neben ihr: „Ich stehe auf, hole etwas für dich." Sie roch am Zedernholz, kommentierte das enorme Gewicht der kleinen Schatztruhe, die ich mit einem Messingschlüssel öffnete, sodass Amirah den Inhalt bestaunen konnte. Es waren kleine Goldbarren mit Prägung einer Unze, jeder etwa 2000 Euro wert. Während ich dreizehn herausnahm, guckte ich mit erneut wachsendem Wohlgefallen erst auf ihr wunderschönes Gesicht, dann auf ihre enormen mütterlichen Brüste. In den Kreisen, in denen Ahmer verkehrte, schätze man Bezahlung in Gold sehr. Er war aus dem Schneider, ich in seiner Frau, die kein Problem damit hatte, unsere Mittagspause von nun an zum Austausch von Körperflüssigkeiten zu nutzen. Sie machte mir Komplimente: „Ich wusste gar nicht, wie gut ein alter Mann sein kann." Oder: „Wo hast du das alles gelernt? Hat dir deine Frau beigebracht, welche Knöpfe man drücken muss?" Jedenfalls passten wir wie Jing und Jang ineinander. Kam noch hinzu, dass Ahmer nicht treu war, bei seinen Geschäften mit jungen, schwer gestörten Frauen zusammenkam, denen er nicht mit Gold, sondern für Schnee so manchen sexuellen Gefallen ablockte, nicht selten bei Orgien inklusive Gangbang mit wehrlos Betäubten, wie mir Amirah einen Albtraum schilderte, den sie unfreiwillig durch den Spalt eines Garagentors mitangesehen hatte. Ehefrau und Tochter wurden zunehmend bedeutungslos für ihren brutalen Mann. Alles war gut, solange gegenüber den Clans die Fassade intakt blieb. Das blieb sie, denn mir reichte die Stunde Toben täglich im abgedunkelten Chambre Séparée, keineswegs musste ich mich mit Amirah in der Öffentlichkeit zeigen, niemandem etwas von meiner Trophäe zuflüstern. Es war ein gut gehütetes Geheimnis, das mich um Jahrzehnte verjüngte.

17.   Wenn die Stunde schlägt

Ein wunderbarer Sommer ging ins Land. Ich war glücklich, Amirah war glücklich, beide verbrachten wir die Werktage beschwingt in einer Praxis, die über Jahrzehnte ein beachtliches Renommee angesammelt hatte, was mich zur ersten Adresse für die dünne Oberschicht der verschlafenen Region machte, wenn es um psychische Probleme heiklen Ausmaßes ging, was meiner Eitelkeit ungemein schmeichelte. So wie Sohn Jasper als auf Weltstandard trainierter junger Internist unter den älteren Allgemeinärzten herausragte, so ging es mir als Doppelfacharzt mit einer Vorliebe für angelsächsische Fachliteratur unter den beschränkten Kollegen, deren geringer Kenntnisstand mich auf Fortbildungen oft genug sprachlos gemacht hatte. Was für die Ärzte galt, traf auch auf die Köche der Region zu. Nur ein einziges Restaurant war hier je zeitweilig mit einem Michelin-Stern ausgezeichnet worden, in Freiburg gab es drei, in Basel neun. Im untergegangenen Arbeiter- und Bauernparadies existierte über vierzig Jahre für siebzehn Millionen Menschen überhaupt keine Spitzengastronomie, nur niedriger Denkkraft geschuldet prollige Kantinenkost, Broiler mit Kartoffelbrei oder Soljanka. Was kostete nichts und funktionierte dort egalitär-proletarisch im Sozialismus ähnlich gut wie unter Grünen einer zweitklassigen Universitätsstadt? Nachts die Nase tief in das Kopfkissen stecken, in das eine junge Geliebte während der Mittagspause geschwitzt, ihren speziellen Parfümduft hinterlassen hatte. Wenn ich abends das Bettlaken abzog, sah ich Flecken, wünschte mir mehr davon, profitierte von einem Belohnungssystem im Hirn, das wundersamerweise im Alter noch einmal auf Hochtouren lief, stabil und wie geölt. Bis zu der Stunde, in der ich wieder einmal begreifen musste, dass ich eben doch nicht dieser tolle Arzt war, für den mich alle hielten. Monate hatte ich nun fast täglich Amirahs enorme Brüste betastet, manchmal recht heftig geknetet, dabei diese Differenz der Konsistenz zwischen rechts und links nicht bemerkt. Ja gut, sie waren knotig, aber das waren fast alle Brüste gewesen, die ich bisher betasten durfte. Warum ich an diesem Donnerstag plötzlich beim Palpieren aufschreckte, weiß ich nicht. Die Knotigkeit irritierte mich, ich tastete seitwärts in ihre Achselhöhlen, was sie kichern ließ. Da war er, ein dicker Knoten in ihrer rechten Achsel, passend zu einem dicken Klumpen unter vielen kleinen in ihrer rechten Brust, deren große Brustwarze mir im Seitenvergleich etwas eingezogen erschien. Wie alle Mediziner dachte ich sofort „Krebs", begann heftig zu schwitzen. Sie: „Warum schwitzt du so? Soll ich das Fenster öffnen?" Sie sprang mit Schwung aus dem Bett, die Brüste pendelten, das Fenster flog auf. Ich: „Amirah, da ist so ein Knoten in deiner Brust. Ich möchte, dass du zur Gynäkologin gehst." Sie guckte entgeistert, ich machte ihr sofort einen Termin bei einer Kollegin, die mir einen Gefallen schuldete, hatte ich ihr doch in den letzten Jahren alle schwierigen Patientinnen mit postpartaler Depression und Schlimmerem prompt abgenommen. Dann ging alles rasend schnell. Amirah musste zur Probeexzision ins Krankenhaus, wo die Operation nach Schnellschnitt in einer Brustamputation mit Ausräumung der Achselhöhle mündete. Bestrahlung und Chemotherapie standen auf dem Schlachtplan für die nächsten Wochen. Es ist schon ein Vorteil, wenn man im Medizinsystem gut vernetzt ist, weiß, wen man anrufen muss. So konnte ich für meine Geliebte die bestmögliche Behandlung arrangieren, wurde unter den Kollegen und Krankenschwestern zum gern gesehenen Begleiter einer jungen Patientin mit sehr, sehr schlechter Prognose: T3N3 (sn) lautete die pathologische Klassifikation, wozu noch das Ergebnis der genetischen Testung kam. Amirahs Mutter war jung an Brustkrebs gestorben, prompt ließen sich die tödlichen BRCA1-Gene nachweisen, was die Amputation auch ihrer linken Brust ratsam erscheinen ließ. Was würde das für unsere Stunden im Jugendstilzimmer bedeuten? Würde ich den Rollladen herunterlassen müssen für totale Finsternis, um das narbige Schlachtfeld auf ihrem Thorax *(Brustkorb)* nicht sehen zu müssen? Gegen den totalen Haarausfall nach Chemotherapie half keine Abdunkelung, aber eine Perücke aus europäischem Naturhaar, die sie völlig veränderte. Mein Verhältnis zu Amirah wandelte sich von Grund auf. Ihre Tränen, ihre Hilflosigkeit rührten mich so tief, dass ich sie während der stationären Behandlung täglich besuchte, das Aufgeld für ein Einzelzimmer beglich, ohne dass sie etwas davon erfuhr. Ihr Töchterchen holte ich von daheim ab, wo ein geistesabwesender, rauchender Vater Ahmer vor dem Bildschirm mit der Spielkonsole in der Hand sitzend nur kurz irritiert grüßte. Für ihn war die Mutter seiner Tochter bereits gestorben. Die Kleine blieb meistens stumm, folgsam und geduldig, was sie zu einer pflegeleichten Begleiterin machte, die nur verstört guckte, wenn Mama die Tränen kullerten. Leckereien brauchte ich nicht ins Krankenzimmer zu bringen, dafür war die Übelkeit durch die Chemotherapie zu stark. Einfach neben ihrem Bett sitzen, ihre Hand halten, zuhören, wie sie mit dem Töchterchen auf Arabisch plauderte, so spendete ich Trost. Meistens musste ich noch berichten, wie es in der Sprechstunde lief. Mich hatte aus Personalnot die ältere Gynäkologin gerettet, die wusste, dass Amirah meine einzige Arzthelferin war. Diese Frauenärztin war 65, wollte ab sofort nur noch eine kleine Privatpraxis führen. Im Anschluss an eine Fortbildungsveranstaltung gestand sie mir nach mehreren Gläsern Wein, dass das Schlimmste an ihrer Fachrichtung die Gerüche seien, die ihr auf einem Hocker vor dem gynäkologischen Stuhl sitzend aus den unteren zwei Körperöffnungen der zumeist älteren Frauen in die Nase stiegen. Ich konnte mit dem Hinweis verblüffen, dass es um ihre Hirngesundheit gut bestellt war, solange sie den Gestank aus Anus und Vagina noch tadellos wahrnehmen konnte. Der Niedergang des Gehirns beginnt bei neurodegenerativen Erkrankungen wie Alzheimer mit der Ablagerung von Amyloid und Tau-Proteinen immer im Riechsystem (Stadium I und II nach Braak). Bei mir reichte es noch für intensiven Kaffeeduft, Rosen nahm ich kaum noch wahr. Die Kollegin brachte ich mit diesem Ausflug in die Neuropathologie zum Lachen. Ja, viele Frauen mochten meinen schwarzen Humor. Sie hatte zwei ihrer drei medizinischen Fachangestellten bereits gekündigt, von denen die älteste noch keine neue Anstellung gefunden hatte. Ich durfte sie als Krankheitsvertretung am selben Tag übernehmen. Amirah war zufrieden, dass ein Moppel Mitte Fünfzig mit einem grandiosen Übergewicht sich an der Rezeption mit Mühe in ihren Bürostuhl zwängte, mein Foto ließ sie grinsen – keine Konkurrenz. Diese Vertretung sollte länger dauern als geplant. Amirah nahm wegen ihrer kleinen Tochter eine onkologische Reha am Ort in Anspruch. Die eingeleitete Antihormontherapie stürzte sie in alle heftigen Symptome künstlich medikamentös herbeigeführter Wechseljahre mit einem kompletten Libidoverlust und Affektlabilität. Sie heulte ständig, sollte sehr bald noch mehr Grund dazu haben. Wir saßen auf einer Bank im Garten der Reha-Klinik neben einem Spielplatz, auf dem Töchterchen schaukelte. Sie: „Irgendwie kann ich auf dem linken Auge nicht mehr richtig sehen. Es ist alles unscharf, wie in einem Nebel." Ich nahm meine Brille für die Ferne ab, näherte mich ihrer Nasenspitze, inspizierte die Augäpfel. Nein, keine Zeichen einer Bindehautentzündung, gleichweite Pupillen und Lidspalten. Ich: „Schließ mal das linke Auge. Wie siehst du jetzt?" Sie: „Links ist immer noch alles verschwommen." Da rutschte mir das Herz in die Hose, weil es eben kein Problem ihres linken Auges, sondern ihrer rechten Gehirnhälfte war – Hemianopsie nannte das der Neurologe. Ich: „Wir kümmern uns darum. Das wird abgeklärt." Die Stationsärztin meldete ein MRT des Schädels an, das vier Tage später einen traurigen Befund erbrachte: Metastase *(Geschwulstabsiedlung)* mit drei Zentimeter Durchmesser im Bereich der Gratioletschen Sehstrahlung rechts, vier weitere verdächtige kleine Rundherde, zwei davon in den Kleinhirnhemisphären. Vielleicht war das der Grund für ihr unsicheres Gangbild. Jedenfalls war das Todesurteil gesprochen. Ich hatte schlaflose Nächte. Sollte ich ihr zu weiterer palliativer Chemotherapie inklusive einer Bestrahlung des ganzen Schädels raten? Ich recherchierte im Internet die klinischen Studien, schaute mir die Kaplan-Meier-Kurven für die Überlebensraten tripel-negativer Patientinnen unter verschiedenen Therapieregimen an. Es ging immer nur um wenige Monate Lebenszeitgewinn unter Inkaufnahme schwerster Nebenwirkungen. Ich diskutierte den Fall mit der älteren Gynäkologin, die ganz in der Nähe wohnte. Sie schüttelte den Kopf: „In dieser Situation würde ich ernsthaft alle Vorbereitungen für einen Freitod treffen. Solch eine Misere bis zum bitteren Ende auskosten – nein danke." Das Aufklärungsgespräch blieb mir erspart. Die einfühlsame routinierte Stationsärztin hatte es übernommen, teilte mir in ihrem großen Sprechzimmer mit Blick in die Parkanlage der Klinik mit, dass sie Amirahs Entscheidung verstehen könne: keine weiteren Chemotherapien, keine Bestrahlung, sondern möglichst bald Entlassung. Ich dachte an die verräucherte Räuberhöhle, die kein schönes Zuhause war, für eine Sterbende eine Zumutung, was ich der Kollegin schilderte: „Wäre es möglich, einen Hospizplatz für sie zu arrangieren?" Sie: „Ein bisschen früh. Sie könnte auch ohne Therapie noch mehrere Monate leben. Wenn sie es wünscht, ließe sich Hospizaufenthalt mit etwas Mühe begründen." Ich: „Bitte versuchen sie es." Sollte es mit der Kostenübernahme durch die Krankenkasse nicht klappen, wollte ich zahlen, denn die Atmosphäre im Hospiz unterschied sich nicht wesentlich von der in der Reha-Klinik, alles neu, hell, freundlich mit einem fast überbetont einfühlsamen Personal. Ahmer ließ sich nur selten blicken, wirkte dann unruhig, geradezu getrieben. Hoffentlich hatte er nicht wieder Geschäfte am Laufen, war er doch wohl spielsüchtig mit Sportwetten. Die Tage vergingen, ihr ging es schlechter, Kopfschmerzen setzten ein, weil sich Hirndruck entwickelte, wogegen hochdosiertes Kortison nur kurzzeitig half. Wir machten Pläne für die Zeit nach ihrem Tod. Ihre einzige Sorge galt dem Aufwachsen ihrer Tochter, wofür sie mich in die Pflicht nehmen wollte. Damit hatte ich kein Problem, schilderte ihr detailliert, wie ich für die eigenen Kinder den Lebensweg geebnet hatte, die Enkelkinder nach bestem Wissen förderte, gleiches für die kleine Alisha tun wollte. Bei der Abgabe dieses Versprechens fühlte ich mich ungemein edel. Was einen Suizid oder aktive Sterbehilfe anging, blieb sie ambivalent, hörte sich meine Beschreibung der Möglichkeiten aufmerksam an. Allein die Existenz eines solchen Notausgangs, die Zusicherung ärztlicher Hilfe aus einer hoffnungslosen Situation heraus, erleichterte die meisten Menschen. Ich selbst konnte in einer Institution nicht als Sterbehelfer auftreten. Der Palliativmediziner der Einrichtung war dafür bekannt, dass er im finalen Stadium Patienten über die Handhabung des Morphiumperfusors unterrichtete, insbesondere dass man die dicke Spritze auf keinen Fall aus dem Apparat nehmen durfte, um per Hand eine höhere Dosis zu injizieren, also sollte man besser die Finger vom Gerät lassen, besser die Schwester rufen, wenn die Dosis nicht ausreichte, um die Höllenqualen zu lindern. Die meisten Patienten verstanden die Botschaft, mussten allerdings auf das Legen der Infusionsnadel warten, was eben erst im allerschlimmsten Finalstadium erfolgte. Wollte Amirah so lange aushalten? Auf diese Frage bekam ich keine klare Antwort, die Sache brauchte noch etwas Zeit, die kam, als sich zu den Kopfschmerzen Übelkeit gesellte. Übelkeit klingt recht harmlos, zermürbt aber jeden innerhalb weniger Tage, lässt sich bei Hirndruck auch kaum durch Mittelchen z.B. gegen Reisekrankheit lindern. Da zermörserte ich 100 Tabletten Phenobarbital, füllte das Pulver in eine Flasche mit Schraubverschluss, die in ihr Necessaire wanderte, das in der Nachttischschublade lag: „Du brauchst das Fläschchen nur mit Wasser auffüllen, kräftig schütteln und austrinken. Nach zehn Minuten wird man müde, nach einer halben Stunde schläft man, nach zwei Stunden stellt das Gehirn den Dienst ein, eingeschlafen für immer, tut nicht weh." Tränen kullerten über ihre Wangen. „Wenn du es tun willst, kann ich dabei sein. Nur mischen, aufschrauben und austrinken musst du allein. Danach kann ich neben dir sitzen." Auf dem Heimweg musste ich heulen, war also doch nicht der harte

Brocken, für den ich mich immer gehalten hatte. Es kam anders. An einem Vormittag fand die Pflegekraft sie nicht ansprechbar in ihrem Bett. Auf Reanimation wurde verzichtet, ebenso auf eine Obduktion. Mein Fläschchen fand sich nicht angetastet in ihrem Kulturbeutel. Ich entnahm es, stellte es in meinen Medikamentenschrank, denn das Pulver war bei trockener Lagerung jahrelang haltbar.

18. Muslimische Bestattung

Amirah hätte ich zu Lebzeiten als minimale Traditionsmuslima bezeichnet. So wie ich regelmäßiger Kirchgänger war, nämlich jedes Jahr einmal am 24.12. um 22.00 Uhr in die Christmesse unserer neogotischen Backsteinkirche pilgerte, so war sie meines Wissens selten zum Freitagsgebet in die Moschee gewandelt, hatte im Ramadan tagsüber nicht gänzlich auf Mahlzeiten verzichtet. Sie trug auch kein Kopftuch, hatte im Sterben nicht um Bestattung in arabischer Erde gebeten, weshalb sich das Hospiz nicht für eine Beerdigung am selben Tag ins Zeug legen brauchte. Es waren Mitglieder der erweiterten Großfamilie, die eine Bestattung am nächsten Tag auf einem speziellen Areal eines städtischen Friedhofs organisierten, dessen Verwaltung froh war über muslimische Erdbestattungen, ließen sich doch fast alle Deutschen mittlerweile verbrennen, sodass auf weiten Friedhofsflächen keine Gräber mehr zu finden waren. Mich hatte eine Umfrage unter Türken im Teenageralter erstaunt, die in Deutschland geboren und aufgewachsen waren, konnten sich diese Jugendlichen doch in der überwältigenden Mehrheit nicht vorstellen, in deutscher Erde begraben zu werden, nein, das ginge nur in der türkischen Heimat. Praktisch waren es dann wohl die hohen Überführungskosten, die Muslime zwangen, sich oft in noch nicht einmal jungfräulicher Erde zwischen Ungläubigen verbuddeln zu lassen. Als Kompromiss siebte man die Erde vor dem Absenken der Leiche ins Loch durch, damit wenigsten keine fremden

Knochen auf dem Toten lagen. Sargpflicht bestand nicht mehr, so wurde Amirah in ein weißes Tuch gehüllt von ihren nächsten Angehörigen in die Grube gelegt. Ich hielt mich am Rande, musste wieder heulen, auch so ein Zeichen des hirnorganischen Abbaus – zunehmende Affektinkontinenz. Die Beisetzung war ansonsten ohne kostspielige Rituale organisiert, das Gräberfeld sah so armselig und chaotisch aus, wie die Städte im Nahen Osten. Ahmers Geschäftspartner hatte seine Shisha-Bar geschlossen, die Räumlichkeiten für eine Zusammenkunft bei Tee und Gebäck zur Verfügung gestellt, wozu ich ausdrücklich eingeladen war. Ahmer und Alisha hielten sich tapfer, bedankten sich bei mir für die Dienste, dich ich geleistet hatte. In der Shisha-Bar saß ich allein am Rande an einem kleinen Resopal-Tischchen, schlürfte einen süßen Tee, knabberte am viel zu süßen Gebäck, bis ein großgewachsener schlanker Mann, den ich nicht kannte, auf mich zukam im grauen Anzug, darunter schwarzes Hemd mit drei offenen Knöpfen, aus dem dichtes schwarzes Brusthaar wie bei einem Gorilla hervorquoll. Er lächelte freundlich, stellte sich als Geschäftspartner der Shisha-Bar Betreiber vor, sprach sehr gutes Deutsch, lobte meinen Einsatz für die Familie, der sich herumgesprochen habe. Der Mann war mir sympathisch, entfaltete in Sekunden einen Charme, wie er so typisch für diese Menschen aus dem östlichen Mittelmeerraum war, wo über Jahrtausende die Gesellschaften der Seevölker und Phöniziern auf den Charakter des Händlers selektioniert hatten. Ein Prachtexemplar dieser Züchtung saß vor mir, war nicht mehr mit Orientteppichen unterwegs, die etwas aus der Mode gekommen waren, sondern mit Gebrauchtwagen. Seine Familie war sowohl im Libanon als auch in Syrien seit Jahrzehnten allen Spielarten arabischer Gewaltunkultur ausgesetzt, was einen enormen Migrationsdruck aufgebaut hatte, mit ihm als Brückenkopf für die Flucht verzweifelter Menschen. Und da kam ich ins Spiel, denn diese weitläufige Verwandtschaft hatte bei

Ankunft in Deutschland medizinische Probleme, gerade auch seelischen Kummer. Psychiatrische Betreuung war schwierig zu organisieren, was vor allem an Sprachbarrieren, aber auch am Versichertenstatus und gewissen kulturellen Differenzen lag, sodass dringend benötigte sozialpsychiatrische Bescheinigungen oder Gutachten nur sehr, sehr schwer zu erhalten waren, dabei entschieden die oft über Abschiebung oder Duldung. Ich saß in einem verführerischen Verkaufs- bzw. Anwerbegespräch, geriet in den hypnotischen Sog dieses Mannes aus dem Land einer Scheherazade, die einen Mann spielend um den Finger wickeln konnte. So kam aus dem Orient lange nicht mehr das Licht, aber immer noch die Verführung. Ich war mir sicher, dass eine ethnisch-kulturell möglichst homogene Bevölkerung das schwierige Zusammenleben von Millionen Menschen in einer Nation enorm erleichterte, ja geradezu erst möglich machte, aber für diesen pigmentierten Charmeur aus dem Morgenland wollte ich genau wie für Amirah eine Ausnahme machen. Dieser Gute betrieb seine Geschäfte in der nur 50 km entfernten Großstadt, lud mich ein, ihn einmal zu besuchen, es gäbe da einen weitaus erfreulicheren Anlass schon am nächsten Wochenende - die Hochzeit eines Neffens. Wenn ich noch nie auf einer arabischen Hochzeit gewesen sei, sollte ich mir das nicht entgehen lassen. Ich sagte spontan zu, würde zur Trauung in der Moschee nicht erscheinen, sondern erst zur großen Feier für hunderte Gäste am Samstag.

19.   Arabische Hochzeitsnacht

Die Familie hatte einen Saal auf dem Messegelände angemietet, wo es große Parkflächen gab, auf denen die Hochzeitsgäste aus dem ganzen Bundesgebiet ihre Wagen abstellen konnten, nachdem die Autoposer unter ihnen beim Vorfahren ihre getunten Motoren hatten röhren lassen, beim Anfahren die Reifen rauchten. Eine deutsche

Hochzeitsparty galt als groß, wenn sich einhundert Gäste einfanden. Hier ging es auf dem Parkplatz zu wie vor einem Pop-Konzert. Überraschung im Gebäude, dessen Eingang Security kontrollierte: Männer und Frauen feierten getrennt in verschiedenen Räumen – genau wie bei den orthodoxen Juden. Ein Segen für mein Herz: Es wurde anders als bei den Juden kein Alkohol ausgeschenkt. Der Prophet war ein weiser Mann gewesen, hatte die leichte Erregbarkeit und mangelnde Impulskontrolle seiner Stammesbrüder richtig eingeschätzt, durch ein strenges Alkoholverbot vielleicht so manche Gewaltorgie im Rausch verhindert. Mit diesem sunnitisch arabischen Machtwort hatten meine türkischen Patienten nicht viel am Hut, wollten sich den strengen Gesetzen ihres abstinenten Präsidenten Erdogan in ihrer alten Heimat nicht alle beugen. Der lästerte über Atatürk, einen Trunkenbold, der an Leberzirrhose gestorben war. Der Anisschnaps Raki wurde unter ihm zum Nationalgetränk, Wein und Bier galten als verpönte Getränke der Westler. Da der Mensch nun einmal schwer ohne Rausch leben mag, experimentierten die alkoholabstinenten Kulturen mit allerlei anderen Drogen, erfanden z.B. die Wasserpfeife. Auf dieser Hochzeit wurde so massiv geraucht, dass ich einen dauernden Hustenreiz verspürte. Einige Männer beobachtete ich, wie sie sich etwas einwarfen, danach noch frenetischer tanzten. Das Büfett war von sehr mäßiger Halal-Qualität, selbstredend ohne Schweinefleisch. Ich langweilte mich rasch, blickte auf die Uhr, dachte an einen frühzeitigen Rückzug, denn auch hier war es zu laut, viel zu laut, als der charmante Gebrauchtwagenhändler auftauchte, sich lächelnd neben mich setzte und brüllte: „Gefällt es ihnen?" Ich: „Sehr, danke für die Einladung. Alles exotisch für mich, getrennte Feiern für Männer und Frauen. Aber wenn ich es recht bedenke, genauso läuft es auch auf christlichen Festen. Die Partygesellschaft sortiert sich rasch nach Geschlechtern, am Ende glucken die Frauen zusammen, reden über zwischenmenschliche

Problem, die Männer trinken, reden über Sport oder Autos." Er: „Es ist, wie es ist. Männer denken anders als Frauen. Uns ist es wichtig, dass die Familie möglichst oft zusammenkommt, auch wenn sie weit entfernt leben. Familie bedeutet uns alles. 1400 hatten sich angemeldet, 1200 dürften gekommen sein. Heute reden diese Jungs untereinander über alles, was sich ereignet hat, über ihre Pläne, ihre Geschäfte. Wer eine Idee hat, wer helfen kann, wer mitmachen will, der spricht hier darüber. Es ist wie auf dem Basar, wie an der Börse. Hier und heute wird gehandelt. Die Deutschen haben ihren Staat, wir die Familie." Da blitzte sie wieder auf, die arabische Arroganz, was mich wie leider wie viel zu oft in meinem Leben zu einer maliziösen Replik provozierte: „Gab es gestern einen Hochzeitskorso?" Dabei dachte ich an die allfälligen kleinen Polizeiberichte auf der Lokalseite wegen gefährlicher Eingriffe in den Straßenverkehr durch Autobahnblockaden und Verstößen gegen das Waffengesetz beim Abfeuern von Pistolen aus den hupenden Fahrzeugen. Wie hatte eine Expertin für die Unkulturen der arabischen Halbinsel das Schiffeversenken der Huthis im Roten Meer heute in der Alten Züricher Zeitung, die ich abonniert hatte, kommentiert: „Der Krieg ist ihr Lebenselixier!" Die Spitze saß, Sanan runzelte die Stirn: „Ja, aber friedlich. Die Lebensfreude der Jungs ist, das muss ich zugeben, manchmal überschäumend, muss dann raus. Haben sie über meinen Vorschlag nachgedacht?" Oh je, da warf er schon wieder seine Leimruten aus. Seinen Namen hatte ich vergessen, also versuchte ich es aufs Geratewohl: „Ali, ich …" Er blickte streng: „Sanan, nicht Ali! Sanan ist mein Name!" Ich: „Oh, bitte entschuldigen sie, es waren in den letzten Tagen viele Gesichter und dann heute diese gigantische Feier." Er nickte versöhnlich: „Also, haben sie es sich überlegt? Kann ich gelegentlich einen Patienten bei ihnen anmelden?" Welcher Teufel ritt mich wieder einmal, ja zu sagen? Stand ich da wie Adam, der den Apfel prüfend ansah? Sanan war nicht Eva. Alt war ich, abgeklärt sollte ich sein, reagierte hier wie ein Fünfzehnjähriger, dem sein Kumpel zuflüsterte: „Will´ste mal an meinem Joint ziehen?" Nach Cannabis roch es jetzt in der ganzen Halle. Bei Alkohol war die Sache klar, aber Haschisch hatte der Prophet im Koran nicht ausdrücklich erwähnt, so konnte im Bekaa-Tal an der syrischen Grenze ein echtes Spitzenprodukt wachsen, der „Rote Libanese" als Konkurrenz zum „Schwarzen Afghanen". Mein leises Ja versetzte Sanan in helle Freude: „Ah, das ist gut, sehr gut, wird enorm helfen. Wir wollen das besiegeln!" Er holte Zigarettenpapier aus der Anzugtasche, dazu einen winzigen Tabaksbeutel, drehte geschickt eine kleine Trompete, die er anzündete, zweimal mit geschlossenen Augen genussvoll zog, um sie mit einladender Geste mir zu reichen. Die letzten Jahre hatte ich nur wenig Pfeife geraucht, nie inhaliert, weshalb ich nach dem ersten tiefen Zug einen heftigen Hustenanfall hinlegte, der Sanan lachen ließ. Die Wirkung setzte sofort ein mit einer merkwürdigen Veränderung der Wahrnehmung, wie ich sie ähnlich als junger Rucksackreisender erstmals auf Sri Lanka erlebt hatte. Am Strand einer malerischen Badebucht lagerte vor dem Guest House einer Bhagwan-Kommune eine kleine Gruppe deutscher Weltenbummler, alle den Lonely Earth Travel Guide im Rucksack. Dann kreiste ein erster, später ein zweiter Joint und plötzlich kamen die Sterne auf mich zu, die Palmen rauschten lauter, das Gekicher der Mitreisenden klang wie Vogelgezwitscher im Morgengrauen. Die neben mir liegende Heilpraktikerin aus Stuttgart lächelte mich an, strich mir über das Gesicht, ließ es zu, dass wir bis zum Einschlafen kuschelten, was mit Sanan sicher nicht passieren würde. Der bedankte sich erneut bei mir, drückte mir seinen Tabaksbeutel in die Hand, entschwand in der ekstatisch tanzenden Menge. Das Stampfen der Menge im Takt der Lichtorgel zur arabischen Pop-Musik verschwamm in meinem Hirn zu einer psychodelischen Soße, deren Schwappen ich abwarten musste, bevor ich meinen Wagen im

Schlingerkurs auf dem Parkplatz suchen konnte. Pause. Die Wirkung der Cannabinole würde hoffentlich rasch abklingen. So lange musste ich warten, um keinen verkifften Unfall zu bauen. Ich wählte im antiken analogen Autoradio den letzten überlebenden Nachtstudio-Klassiksender aus, der noch ohne Singer-Song-Writer und linke Botschaften auskam: Radio 2 spielte Wolfgang Amadeus Mozart, Klavierkonzert Nr. 21, C-Dur, Köchel-Verzeichnis 467. War es der abklingende Rausch, der zu diesem traurigen Abschiedsstück abendländischer Kultur Tränen in Strömen fließen ließ? Ich heulte Rotz und Wasser, spürte, dass meine alte Welt diesem Ansturm der Wüstenkrieger wohl nicht gewachsen sein würde, die zwar den Autobauer meines Roadsters verehrten, weil sie unfähig waren, so etwas zu konstruieren, sich mit uns aber nie mischen würden. Warum fanden sie so viele Helfer unter den Alteingesessenen, die ihnen ihr Land bereitwillig öffneten? Passend zu meiner düsteren Stimmung setzte heftiger Regen ein, der das Wasser auf der Autobahn zentimeterhoch stehen ließ, mich zum Schleichtempo zwang. In den 2.00 Uhr Nachrichten erwähnte der Sprecher mit sonorer Stimme und leichtem bayrischen Akzent, dass Israel die Vernichtung der Hamas bis zum bitteren Ende fortsetzen wollte, der Iran mit blutigen Konsequenzen drohte. Die Mullahs hatten im eigenen Land in diesem Jahr 843 Todesurteile vollstreckt.

20.   Eine organisiert kriminelle Metallschmelze

Eine Woche später informierte mich Heidrun, meine aus der Gynäkologiepraxis geerbte Matrone an der Rezeption, über den Avis eines gewissen Herrn Sanan „mit ausländischem Akzent". Freunde seiner Familie bräuchten einen eiligen Termin, es sei mit dem Doktor abgesprochen. Da ich drei Monate im Voraus ausgebucht war, sollten sie am Samstag um 8.00 Uhr vorstellig werden, standen dann auch pünktlich vor der Tür, eine mittelalterliche Orientalin im Trenchcoat vor vier westasiatisch aussehenden Männern mit Bärten und martialischen Frisuren, die ich ohne ihre ernst blickende Frontfrau eher nicht eingelassen hätte. Diese Mittdreißigerin reichte mir ihre Visitenkarte: Dr. jur. (University of Beirut) Rajana Ramadan, Fachanwältin für Strafrecht und Migrationsrecht. Sicher eine zweckmäßige Kombination für diese Band, dachte ich, bat die kleine Truppe in mein Sprechzimmer, schob zwei weitere Stühle vor den Schreibtisch. Rechtsanwältin Ramadan: „Vielleicht haben sie in den Medien vom Prozess um die Vorgänge in einer Metallschmelze gelesen?" Nein, hatte ich nicht. „Ich vertrete die Familie A., der man Diebstahl und die Unterschlagung von Vermögenswerten vorwirft. Die Details brauchen sie nicht zu interessieren, denn diese vier jungen Herren haben ein damit nur indirekt verknüpftes Problem. Die Familie ist weit verzweigt, unterhält geschäftliche Beziehungen in ihre alte Heimat den Libanon und nach Syrien. Es gab finanzielle Transaktionen in diese Richtung, die dem syrischen Geheimdienst nicht verborgen blieben, weil es um Beträge im mittleren dreistelligen Millionenbereich ging, auf die der Assad-Clan gerne seine Hände gelegt hätte. Diese Herren hier gerieten in die Fänge des syrischen Inlandsgeheimdienstes Idarat al-Amn as-Siyasi. Sie kamen nach Monaten in einem Folterkeller gegen Lösegeldzahlung knapp mit dem Leben davon, konnten in die Bundesrepublik fliehen. Ich bemühe mich um ihre Anerkennung als politisch Verfolgte, benötige dafür ein psychiatrisches Gutachten, das ihnen ihre erheblichen Gesundheitsschäden und die Notwendigkeit spezieller Therapie bescheinigt. Gegen sie werden von der Ausländerbehörde Verstrickungen in die organisierte Kriminalität des Clan-Milieus - ein rassistischer Ausdruck, der bald getilgt gehört - vorgebracht, die ich entkräften muss, weil Abschiebung in den Libanon droht. Meine Mandanten haben auch die libanesische Staatsangehörigkeit. Für ihre Bemühungen liquidieren sie bitte nach dem Gesetz zur Entschädigung für Sachverständige und Zeugen großzügig, gerne auch mit einer Vorschusszahlung in bar," Punkt mit einem verschwörerischen Lächeln. Ich atmete tief durch, ahnte, dass ich nicht würde widerstehen können: „Sprechen die Herren Deutsch oder Englisch?" Ramadan: „Nein, aber ich Arabisch, stehe ihnen als Dolmetscherin zur Verfügung. Diesem Fall gilt derzeit meine ungeteilte Aufmerksamkeit." Und damit auch mir? Wie schön. Ramadan – oder sollte ich sie bereits Rajana nennen - war im landläufigen Sinne nicht schön, die Frische der Jugend war bereits verblüht, aber sie verstand es für eine gediegene Verpackung ihrer inneren Werte zu sorgen mit Business Attire, dunkelblauem Kostüm, weißer Bluse und einem Halsschmuck aus Gold, der den Blick auf ein üppiges Dekolleté lenkte. Das florale Design dieses Colliers würde mit meinem Jugendstilzimmer harmonieren. Schluss mit solchen goldigen Träumereien: „Gut, dann beginnen wir mit der Erhebung der biographischen Anamnesen unserer vier Gentlemen. Dazu nutze ich spezielle Fragebögen, die sie bitte mit ihrer Hilfe ausfüllen mögen. Ich geleite sie in meine Bibliothek. Darf ich ihnen ein Heißgetränk anbieten?" Latte macchiato mit viel Zucker für die unausgeschlafenen Herren, Süßstoff für die Anwältin, die Schweizer Espressomaschine zischte. Während die Anwältin eifrig am Schreiben war, recherchierte ich im Internet mit den Suchbegriffen Metallschmelze – Clan – Ramadan, wurde fündig mit ausführlicher bebilderter Berichterstattung in einer Regionalzeitung, nur knappen Meldungen in überregionalen Medien. Dabei war das ein großes Ding, hatte doch eine arabisch-kurdische Großfamilie einen deutschen Industriebetrieb infiltriert, durch gerissenen systematischen Diebstahl der naiven vertrauensseligen Aktiengesellschaft über Jahre einen immensen Schaden zugefügt, indem sie Frachtpapiere fälschte, Ladungen in eine osteuropäische Metallschmelze umlenkte, dort vor allem Kupfer, aber auch Edelmetalle für hunderte Millionen Euro abschied, so lautete der

Vorwurf der Staatsanwaltschaft. Wohin war das Geld geflossen? Die Chefs des Clans hatten sich große eingezäunte Anwesen bauen lassen, deren Parkplätze voll standen mit übermotorisierten Luxuskarossen. Die Drohnen der Reporter sorgten für Transparenz, als beim Sturm auf diese Burg durch das SEK gepanzerte Fahrzeuge zum Einsatz kamen – libanesische Verhältnisse in der norddeutschen Tiefebene. Eigentlich schätzte ich Araber als Gruppe gering, warum half ich ihnen dann als Individuen, war dabei mich intensivst mit ihnen zu verbandeln? War ich ein Antisemit? Überraschung: Auch Araber sind genau wie orientalische Juden Semiten. Wer nur über Juden abfällig urteilt, ist daher eher ein Antijudaist. Die Anamnesebögen lasen sich wie eine Liste rassistischer Stereotype: aufgewachsen mit fünf bis neun Geschwistern zeitweilig in Syrien und im Libanon, alle vier Schulversager, Abgangszeugnis nach Klasse zehn, keine Berufsausbildung, angelernte Tätigkeiten in Geschäften der Verwandtschaft, keine feste Partnerschaft, ledig, keine Kinder. „Drei Wünsche" – da musste ich schmunzeln und den Kopf schütteln: Für drei der jungen Männer ist der Lebenstraum ein schwarzer Renner mit dem blauweißen Markenzeichen, mal 3er, mal 5er, für einen ein getunter Bolide mit dem Stern. Weiter ging es mit der „Clinician-Administered PTSD Scale for *DSM-5* (CAPS-5)", ja, ich war auch was den Einsatz psychiatrischer Schätzskalen für das posttraumatische Stresssyndrom anging immer auf dem neuesten Stand. Der nicht sprachabhängige Intelligenztest Progressive Matrizen nach Raven hatte den Vorteil, dass die meisten Probanden gar nicht merkten, dass es sich um einen Intelligenztest handelte, mussten sie doch lediglich Muster wie kleine Teppiche in einer Art Memory-Spiel in knapp zwanzig Minuten suchen. Getestet wurde so die Kapazität des Arbeitsgedächtnisses, was exzellent mit den Ergebnissen aufwendiger sprachabhängiger Intelligenztests korrelierte, sich auf Standard-IQ-Werte mittels Tabelle umrechnen ließ mit einem Ergebnis für alle vier meiner Kandidaten <90 Punkte, passend zum höchsten Schulabschluss, nämlich keinem. Aber ein schwarzes röhrendes Angeberauto sollte es sein und natürlich die „Ehre" – Dummheit und Stolz wachsen auf einem Holz, was wohl in abgeschwächter Form auf einer nur etwas höheren Ebene auch auf den zutraf, der diesen Test kognitiver Leistungsfähigkeit gerade angewandt hatte.

Nun fehlte noch die neurologische Untersuchung, für die ich immer einen weißen Kittel überzog, um dem Klienten zu verdeutlichen, dass ich ein richtiger Doktor war. Im separaten kleinen Untersuchungszimmer hieß es, sich bis auf die Unterhose auszuziehen, dann spiegelte ich den Augenhintergrund, klopfte die Reflexe, inspizierte nebenbei die Haut nach Einstichstellen, machte Fotos großflächiger Verbrennungen und multipler Narben als Spuren schwerer Folterungen. Dabei fiel mir auf, dass die Beweglichkeit ihrer Schultergelenke stark eingeschränkt war. Man hatte den armen Teufeln im Folterkeller die Arme auf dem Rücken gefesselt, sie daran unter die Decke hochgezogen, wo sie stundenlang zappeln durften. Um ihre Höllenqualen zu verstärken, zogen die sadistischen Folterknechte mit aller Kraft an ihren Beinen, was die Schultergelenke unter entsetzlichem Gebrüll zerreißen ließ. Wahrscheinlich waren hier in nächster Zeit Schultergelenksprothesen fällig. Sadismus trugen je nach Studie 5 bis 24% befragter Männer als stabile wahrscheinlich genetisch determinierte Charakterpathologie in sich. Steckte man sie in eine Uniform, gab ihnen Gewalt über Gefesselte, so taten sie, was ihnen Freude bereitete – quälen.

Für Dr. Ramadan kam jetzt die größte Überraschung. Ich: „So, da hätte ich eigentlich alles beisammen, was ich für ein Gutachten wissen muss. Für das Abfassen brauche ich etwa drei Stunden. Wollen sie die Ausdrucke auf Kanzleipapier unterschrieben noch heute in Empfang nehmen? Dann machen sie einen Spaziergang durch die Innenstadt, schauen sich etwas an, speisen in einem unserer zahlreichen arabischen Restaurants, kommen um 17.00 Uhr zurück. Sie lesen den Text, wir können noch Änderungen vornehmen." Ramadan: „Na, dass nenne ich einen Blitzservice!" Sie entschwand mit ihren Schützlingen, ich setze mich an meinen Computer, verfasste vier Gutachten nach Schema F mit Textbausteinen in einem professionellen Spracherkennungssystem, das märchenhaft leistungsfähig war, so gut wie keine Fehler mehr machte. Meine Gewaltbegutachtung unterbrach ich nur für ein Mikrowellengericht, denn die Reisegesellschaft schlug pünktlichst wieder auf, lehnte mein Bewirtungsangebot diesmal ab. Während die jungen Männer vor meinem Haus ihren PS-Boliden rauchend umkreisten, ließ Dr. Ramadan sich in den Sessel vor dem lodernden Kamin sinken, studierte meine Gutachten im Clip-Board mit einem Rotstift in der Hand, entdeckte einige Rechtschreib- und Interpunktionsfehler, wollte wenige Formulierungen geändert haben, befühlte anerkennend mein extra dickes Kanzleipapier für jedes der 24-seitigen Gutachten mit ausführlichem Literaturverzeichnis ganz am Ende. Ein wissenschaftliches Gutachten zeichnete sich dadurch aus, dass wissenschaftliche Literatur zitiert wurde. Meine Zitate trugen Erscheinungsdaten bis 2024, auf 2025 verzichtete ich als kleinen futuristischen Schalk für den Richter. In der Psychiatrie gab es die von Juristen geforderten objektiven wissenschaftlichen Gutachten strenggenommen nicht, sondern nur eine zu Papier gebrachte Meinung, die ähnlich verschieden ausfallen konnte, wie die Bewertung eines Deutschaufsatzes durch mehrere Lehrer. Dr. Ramadan: „Das ist ganz exzellente Arbeit!" Dabei schenkte sie mir ein Lächeln, dass ich wahrscheinlich fehlerhaft als sündig interpretierte, denn gleichzeitig streckte sie ihre langen schönen Beine so dem Feuer entgegen, dass der Rock weit über die Mitte ihrer

Oberschenkel zurückrutschte, mich zu einem plumpen Kompliment hinriss – oh je: „Was befeuert einen Mann mehr, als wenn er für eine wunderschöne Frau sein Bestes geben darf?" Ihr Lächeln verwandelte sich in einen bestürzten Gesichtsausdruck, sie schüttelte ein wenig den Kopf, stand auf, stellte ihre Edel-Tasche auf den Tisch, griff hinein, fingerte ein dickes Bündel 200 Euro-Scheine hervor. „Sind sie mit einer Pauschalhonorierung in bar einverstanden? Ich kalkuliere – sie machte eine kreisende Bewegung mit dem rechten Zeigefinger in der Luft – acht Stunden a 500 Euro, macht 4 000 Euro, runden wir wegen besonderer Dringlichkeit auf 5000 auf?" Ich: „Was immer sie für angemessen halten, Frau Dr. Ramadan." Dabei legte ich die rechte Hand auf mein Herz, verbeugte mich tief, blickte möglichst ernst. Nun konnte sie wieder lächeln, zählte mein Honorar auf den Tisch. „Eine Quittung benötige ich nicht – vielen Dank," schnappte sich die Pappmappe mit den auf jeder Seite paraphierten vier Ausdrucken, stolzierte zum Ausgang, ohne sich noch einmal umzudrehen. Ihre Mannen hielten ihr die Autotür auf, sprangen hinein, rauschten mit quietschenden Reifen und röhrendem Auspuff von dannen. Ich setzte mich vor den Kamin, goss mir einen klitzekleinen Whiskey ein, nippte daran und war es zufrieden. Was für eine Show hatte ich da abgezogen, die Eindruck hinterlassen haben musste. Ich war gut darin, die Denkschemata der Juristen zu adoptieren, wäre selbst gerne einer geworden, konnte Texte abfassen, die Richter und Staatsanwälte mit Gefallen lasen. Rajana Ramadan in schwarzer Robe, mich im Zeugenstand, die große Strafkammer – meine Fantasie begann zu blühen. Sie trug keinen Ehering. Jetzt nur nichts übereilen, auf keinen Fall Kontakt aufnehmen, sondern abwarten. Diese Frau war nicht grundlos mit Mitte Dreißig noch ledig und – so hoffte ich – kinderlos. Bei *ihren* Mandanten war es sicher, dass sie meine Dienste schon bald wieder in Anspruch würde nehmen müssen. Gut Ding brauchte in diesem Fall Weile, schließlich hatte ich gerade eine fünfundzwanzigjährige Amirah beerdigt, um deren Tochter ich mich regelmäßig kümmern musste. Sollte ich wirklich eine zehn Jahre ältere Rajana als Nachfolgerin umgarnen, mich von meinem Faible für Exotik erneut in den nahöstlichen Morast ziehen lassen? Hatte ich einen freien Willen oder war ich der Sklave meiner Gene?

21.   Sturm der Liebe

Vier Wochen Funkstille, die ich als junger Mann nicht ausgehalten hätte. Kurz vor dem Senium war das anders, konnte ich doch gut von reinen Fantasien leben, indem ich Rajanas Gesicht gedanklich in die kleinen Erotikfilme kopierte, die ich mir jeden Abend für eine Weile am Kamin anschaute. Ich hätte es bei fiktional-digitaler Lust bewenden lassen sollen. Aber dann kam er, der ersehnte Anruf: „Doktor, der Termin für den angekündigten Prozess vor dem Landgericht gegen meine vier Mandanten steht fest. Ich brauche sie bei der Beweisaufnahme als Sachverständigen. Das Gericht wird sie laden. Donnerstag in vier Wochen. Sind sie dabei?" Ich hauchte mit unterdrückter freudiger Erregung schlicht: „Ja." Sie: „Gut. Ich komme einen Tag vor der Verhandlung zu ihnen, erläutere ihnen meine Strategie. Für meine Mandanten geht es um viel." Wie ich im Prozess erfahren sollte, hatte mich Dr. Ramadan nur unvollständig ins Bild gesetzt. Die Schlingel waren ganz schlimme Finger, die Anklageschrift lang inklusive Punkten, die eine Verstrickung in Tötungsdelikte in Syrien behaupteten, wofür es sogar Zeugen geben sollte. Rajana schwebte tatsächlich am Vortag des Prozesses in meine Villa ein, briefte mich mit ihrer Strategie, in der ich den Opferstatus ihrer Mandanten untermauern musste, was ohne Gewissensbisse möglich war, denn diese armseligen Kreaturen waren hineingeboren in Gesellschaften, die sich durch eine Bevölkerungsexplosion in kargen Landen mit wenig Erdöl seit dem Zweiten Weltkrieg in einen täglichen Bürgerkrieg manövriert hatten. Bevor es in Syrien losging, hatte eine zehnjährige Dürre im Norden des Landes die Landbevölkerung in bitterster Armut zur Wanderung in die Slums der Großstädte Aleppo und Damaskus gezwungen, in denen es gärte unter zu vielen arbeitslosen, perspektivlosen jungen und alten Männern. Bei meinen Business-Class-Flügen zu Pharma-Meetings in Dubai fiel mir beim Blick aus dem Fenster eine verblüffende farbliche Demarkationslinie zwischen der nördlichen Türkei, dem südlichen Syrien und dem Irak auf. Das Türkenland war grün, intensiv landwirtschaftlich genutzt mit vielen kleinen blauen Einsprengseln, den Stauseen, aus denen bewässert wurde. Wie mit dem Lineal gezogen war die Landschaft südlich davon braun vertrocknet. Syrer und Iraker hatten im Kampf um das Wasser gegen das hochgerüstete NATO-Land Türkei keine Chance, nur die Kurden im Grenzgebiet führten einen verzweifelten Guerilla-Krieg gegen den türkischen Präsidenten mit seinem Traum von einer Wiedererweckung des Osmanischen Reiches. Ein Menschenleben zählte nichts in dieser Region, wo zu viele Mächte mitmischten, Söldner der Gruppe Wagner aus Russland, Special Forces der Amerikaner, Dschihadisten des islamischen Staates, Revolutionswächter aus dem Iran und lokale kriminelle Clans der Bevölkerung eine mörderische Vorhölle bereiteten. An diesem Abend sollte ich von Dr. Ramadan noch schockierende Details erfahren. Ich lud sie zu einem kleinen Imbiss ein, sie antwortete: „Warum nicht?" Den kleinen Imbiss bereitete ich minutiös vor, wollte für sie in meiner behaglichen Wohnküche kochen. Rajana war vollkommen säkularisiert, trank gerne mehr als ein Glas Champagner, lebte und speiste nicht mehr Halal wie ihre Eltern, die aus eben diesem nahöstlichen Hexenkessel nach Deutschland geflohen waren, wo ihre Tochter eine erstaunliche Karriere machen konnte. Ich schnitt gerade Knoblauch klein, als sie leise bemerkte: „Wissen sie, dass ich sie schon sehr, sehr lange kenne? Ich bin mit ihrem Sohn Jasper aufs Gymnasium gegangen. Wir haben zusammen Abitur gemacht. Er spielte damals im kleinen Klassik-Orchester der Schule Geige, wofür ich ihn sehr bewundert habe. Er hat Medizin studiert, ich Jura. Wir haben uns aus den Augen verloren. Jasper war nicht wirklich an Klassentreffen interessiert." Ich stoppte das Schnippeln, drehte mich vom Hackbrett zu ihr um, schüttelte ein wenig den Kopf: „Stimmt. Rajana, mit dem zweitbesten Notenschnitt auf dem Abiturzeugnis. Sind sie in das Begabtenförderungswerk aufgenommen worden?" Sie: „Ja, woher wissen sie das mit der Stiftung?" Ich: „Jasper war Jahrgangsbester, weshalb der Rektor ihn zur Aufnahme vorschlagen wollte. Ich bin selbst in der Stiftung gewesen, hatte so meine Bedenken im Hinblick auf den Ausgang des anstehenden Auswahlseminars. Wie sie richtig bemerken, war Jasper damals speziell. Er hätte damit in den Gruppenprozessen vor der Auswahlkommission hundertprozentig angeeckt, weshalb ich ihm riet, es erst nach einem Jahr Studium über einen Hochschuldozentenvorschlag zu versuchen, weil ihm dann die Gruppenauswahl erspart bliebe. Jasper ist zum Rektor gegangen, hat den durch einen unglaublich altruistischen Vorschlag verblüfft, ungefähr so: `Herr Rektor, die Zweitbeste unseres Jahrgangs braucht ihren Vorschlag dringender als ich. Ich bin einer, der mit dem silbernen Löffel im Mund auf die Welt gekommen ist. Rajana nicht. Vielleicht schlagen sie sie vor? Ihre Eltern sind arm, haben keine Ahnung von akademischen Karrieren´. Euer Rektor war beeindruckt, Japser hat es tatsächlich wie von mir vorhergesagt über die Hochschulauswahl in die Stiftung geschafft, mit der er aber immer haderte, leider." Rajana: „War das wirklich so? Sie haben dafür gesorgt, dass ich sorglos studieren konnte? Das gibt es nicht." Ich lachte leise: „Da haben ein schrulliger Vater und sein exzentrischer Sohn dann mal etwas richtig Gutes in ihrem Leben vollbracht, freue mich ehrlich, was aus ihnen geworden ist." Und mit leiser, dunkler, etwas heiserer Stimme, festem Blick in ihre schwarzen Augen: „Ich bewundere sie." Das Dinner wurde bei Kerzenschein zum Tête-à-Tête, Rajana trank peu à peu die Flasche Champagner fast allein aus. Wie wollte sie da noch mit ihrem Wagen heimfahren? Die heitere Stimmung kippte beim Dessert ins Melancholische, begann sie doch aus ihrer Kindheit zu berichten, den Verstrickungen ihrer Eltern in die alte Heimat, der Flucht nach Deutschland, ihrer Sehnsucht nach Identität in einem Land, in dem sie optisch stigmatisiert war, immer als Orientalin auffiel, was ihr perfektes Hochdeutsch noch unterstrich, denn diese westgermanische Sprache passte einfach nicht zu ihrem Gesicht, sorgte bei jedem Gegenüber, ob Semit oder Europäer für kognitive Dissonanz mit der für sie so verletzenden Frage „und wo kommen sie eigentlich her?" Durch das Studium eilte sie mit Bravour, legte ein Prädikatsexamen hin, wurde mit einem Promotionsstudium der Stiftung belohnt, beging einen schweren Fehler, weil sie ihrer Sehnsucht folgte, sich für ein Jahr an der University of Beirut einschrieb. Sie: „Ich stieg auf dem Rafiq-Hariri-Flughafen aus der Maschine, da empfing mich diese warme feuchte Mittelmeerluft. Ich verließ den Flughafen und alle Menschen um mich herum sahen so aus wie ich. Ich war zuhause angekommen." Wir wechselten von der Küche ins Kaminzimmer. Durch die offenstehende Schiebetür zum Musikzimmer sah sie den Stutzflügel, fragte, ob ich genauso musikalisch sei wie mein Sohn. Ich neigte den Kopf, lächelte vielsagend, deutete mit der Rechten auf das Musikzimmer: „Der Meister ist bereit, ihnen eine Kostprobe seines Könnens zu liefern!" Sie nahm Platz, ich spielte Chopins Nocturnes mit aller mir möglichen Hingabe. Sie applaudierte, schüttelte den Kopf, strahlte verblüfft. Wir machten es uns in zwei Hochlehnern vor dem Feuer bequem. Plötzlich war ich der lauschende Analytiker, dem eine verwundete Seele ihr Herz ausschüttete. Das bunte Völkchen ihrer Kommilitonen führte ein ausgelassenes Studentenleben auf dem Pulverfass, war sich dessen nur zu bewusst, wenn ihnen auf dem Weg zur Uni die Pick-ups mit

Horden von Männern in Flecktarn entgegenkamen. Die Kämpfer mit ihren Bärten, grün-weißen Banderas und Kalaschnikows blickten grimmig. Sie kamen aus den armseligen Palästinenserlagern vor der Stadt oder aus dem Schuf-Gebirge, wo die Drusen hausten. Die Wirtschaft des Landes lag am Boden, das Bruttoinlandprodukt pro Kopf hatte sich innerhalb von zehn Jahren auf Dritte Welt Niveau halbiert. 90% der Uniabsolventen drohte die Arbeitslosigkeit, alle träumten vom Auswandern, am besten in die USA oder Kanada, auch Deutschland stand hoch im Kurs, weshalb Rajana um ihren deutschen Pass beneidet wurde, begehrte Informantin über die Zustände in einem Wunderland war, dessen Einwohner zwölfmal so gut funktionierten wie die Libanesen (ihre Economics studierenden Kommilitonen nannten die harten Kennzahlen des BIP-pro-Kopf: Deutschland 50 000 $, Libanon 4000 $). Konnte Rajana behilflich sein, ein Visum für Deutschland zu ergattern? So dachten ihre desillusionierten libanesischen Freunde aus guten Familien. Die grimmigen jungen Männer aus den Slums brachte die Kluft zwischen reichen Ausländern und ihrer Armut auf ganz andere Gedanken. Entführung und Erpressung war eines ihrer beliebtesten Geschäftsmodelle. Rajana berichtete leise: „Wir hatten eine kleine Party, es war ein heißer Tag gewesen, die Nacht warm, Jamal hatte den großen Schlitten seiner Eltern geliehen, mit dem wir mit offenem Verdeck zu sechst über die Strandpromenade fuhren, um in der Villa seiner Familie weiter zu feiern. Da überholte uns ein Pick-up, bremste scharf ab. Vier maskierte Männer sprangen von der Ladefläche, hielten Gewehre auf uns gerichtet, guckten jedem im Wagen ins Gesicht, packten und schleppten mich in ihr Fahrzeug, zogen mir einen Sack über den Kopf, Kabelbinder um die Handgelenke. Dann rasten sie los. Sie müssen die Autobahn schnell verlassen haben, denn der Wagen rumpelte längere Zeit heftig, hielt plötzlich, ich hörte Männerstimmen, dann wurde ich gepackt, in ein Gebäude getragen, in einer Halle auf einen Stuhl gesetzt. Man nahm mir den Sack vom Kopf. Ich blickte in die maskierten Gesichter von vier Männern, die ein Stativ mit Kamera vor mir aufbauten. Ich dachte, solange sie Masken tragen, werden sie mich nicht umbringen. Sie drückten mir eine Tageszeitung in die Hand, deren Schlagzeile ich in die Kamera halten sollte, während ich eine kurze Botschaft an meine Eltern ablesen musste: Ich befinde mich in der Hand einer Gruppe, die für meine Freilassung eine Million Dollar fordert. Besorgt das Geld schnell, denn mir geht es hier nicht gut. Habt ihr das Geld, dann erfahrt ihr, wie die Übergabe laufen wird. Bitte tut, was sie sagen, sonst ist mein Leben nichts mehr wert. So ähnlich lautete der Text. Meine Eltern lebten in Deutschland von Sozialhilfe. Wie sollten sie eine Million auftreiben? Ich habe das meinen Entführern mitgeteilt. Sie haben nur gegrinst, meinten, dann müsse ich eben in einer anderen Währung bezahlen. Was ich dann auch musste." Rajana fing an zu weinen. Ich: „Furchtbar. Und wie bist du da rausgekommen?" Sie: „Meine Eltern sind wohl zu anderen Großfamilien aus der alten Heimat gegangen, die auch keine Million ausleihen konnten oder wollten, aber unter den Aktionen dieser ganz bestimmten Gruppe in Beirut ebenfalls bereits gelitten hatten. Sie haben dann Verwandtschaft vor Ort in Bewegung gesetzt, die mich aus der Lagerhalle rausgeholt hat. Ich hörte eines nachts Schüsse, die Tür zu meinem Gefängnis öffnete sich, maskierte Männer schnappten mich, setzten mich in ein Auto, fuhren vor das Universitätsgelände, sagten, du bist frei, geh." Rajana beruhigte sich mit einem weiteren Gläschen Portwein, den ich nachschenkte. Ich: „Die Befreiungsaktion war nicht umsonst?" Sie: „Nein, von nun an standen wir tief in der Schuld der Familie, deren Männer mich herausgehauen hatten. Weißt Du, was Teil des Deals war? Ich. Mein Foto hatte dem Chef sehr gefallen. Er wollte mich mit einem seiner Söhne verheiraten. Als sie sahen, was die Kerle mir angetan hatten und ich wegen einer Schwangerschaft nach all den Vergewaltigungen noch eine Abtreibung brauchte, war das kein Thema mehr. Für arabische Männer bin ich unheiratbar geworden." Sie lachte bitter, rutschte im Hochlehner mit dem Gesäß etwas nach vorne, was ihren Rock wieder wie schon vor Wochen vom Knie bis über die Mitte ihrer kräftigen Oberschenkel gleiten ließ. Dr. Ramadan war abgefüllt und müde, sehr müde. Ich: „Sie sind müde. Nach Hause können sie nicht selbst fahren. Ich kann auch nicht mehr ans Steuer. Darf ich ihnen mein Gästezimmer für diese Nacht anbieten?" Sie brummte nur ein leises „Hmm". Es war nicht einfach, sie in den zweiten Stock zu bugsieren, tragen konnte ich sie nicht, dafür war sie zu schwer, ich zu schwach. Bis in die Gästezimmer im dritten Stock reichte meine Kraft nicht, also legte ich sie im Jugendstil-Schlafzimmer ab, zog ihr Schuhe und Kostüm aus, betrachtete ihren wunderbaren Körper, schlüpfte selbst aus meinem Anzug und unter die Bettdecke. Was in den nächsten Minuten stattfand, kann nur unser beider Trunkenheit geschuldet gewesen sein, juristisch irgendetwas Peinliches mit einer Wehrlosen, neurobiologisch vielleicht bereits frontale Disinhibition im Spiel, also der Verlust von Kontrolle über archaische Triebe im Alter. Ich hatte vergessen, die Rollläden zu schließen. So weckte mich die Morgensonne, die Rajanas pechschwarze Haare schimmern ließ. Sie lag splitternackt unter der dünnen Daunendecke, unter der ich vorsichtig hervorkroch, duschte, meinen seidenen Hausmantel überzog, um ein exquisites Frühstück zu bereiten, das ich auf einem Silbertablett drapierte. Frisch gepresster Orangensanft, Toast, Orangenkonfitüre, Rührei, Mocca in einer kleinen Silberkanne. Ich legte meine selbstgebrannte CD mit Mozarts 2. Sätzen seiner Klaviersonaten in den antiken CD-Spieler, öffnete das große Fenster, gab ihr einen Kuss auf die Stirn, der sie mit schreckgeweiteten Augen erwachen ließ: „Was ist hier passiert?" Ich schüttelte leicht den Kopf, lächelte: „Ein Traum, Rajana." Der motorgetriebene Lattenrost brachte den Kopfteil ihrer Matratze in 45° Stellung, ich setze mich auf die Bettkante, stellte das Tablett mit einem Untergestell vor ihr ab. Sie zog die Bettdecke züchtig bis zum Hals, guckte irritiert, während sie den Orangensaft trank - Nachdurst. „Was ist passiert? Hatten wir Sex?" Ich: „Den schönsten meines Lebens." Sie schluckte, atmete tief durch. Ihr Appetit war beachtlich, Kalorien für die Staffierung eines üppigen Frauenkörpers. Nachdem sie den letzten Schluck Kaffee getrunken hatte, nahm ich das Tablett vom Bett, legt mich im Morgenmantel neben sie, begann mit ihrer Mähne zu spielen, berührte zärtlich ihr Ohr, wisperte, zugegeben wieder recht plump: „Du bist die schönste Frau der Welt." Die tastende Reise meiner rechten Hand auf ihrem Körper ließ sie steif werden. Plötzlich drehte sie mir ihr ärgerliches Gesicht zu: „Ich kann nicht. Du bist zu alt! Ich liebe dich nicht, ich liebe überhaupt keine Männer mehr. Damit ist bei mir für immer Schluss." Ich fuhr erschrocken zurück, stand auf, zog den Morgenmantel dicht, setzte mich in den Sessel am Fenster: „Tut mir leid. Wir waren uns gestern Abend sehr nah. Ich habe da wohl etwas missverstanden. Tut mir wirklich leid. Wir können das Ganze vergessen." Sie: „Ja, das wäre gut. Vergessen." Ich stand auf, nickte, presste die Lippen aufeinander, schlich auf die Tür zu: „Das Bad ist gleich die nächste Tür rechts. Ich warte dann unten auf sie." Der Gerichtstermin war bereits in einer Stunde. Ich hörte die Dusche im Obergeschoss brausen, dann kam Dr. Ramadan adrett die Treppe herunter, wir fuhren gemeinsam zum Landgericht, zwei Promovierte auf Abwegen. Während der Beweisaufnahme funktionierte ich zu Rajanas vollster Zufriedenheit, was sie besänftigte, uns einen freundschaftlichen Abschied vor dem Gerichtsgebäude ermöglichte. Sie: „Das war o.k. Warten wir ab, wie das Urteil ausfällt." Ich: „Werden wir uns wiedersehen?" Sie: „Geschäftlich jederzeit. Darüber hinaus – sicher nicht." Ich: „Rajana, ich stehe in ihrer Schuld. Was immer sie verlangen, ich werde es tun." Handschlag, sie setzte sich in ihren Wagen, brauste davon, ich spazierte im sentimentalen Hirnnebel durch den Schlosspark. Sehr schade, dass ich die Details der letzten Nacht gar nicht mehr erinnern konnte – alkoholische Amnesie. Bis zum Beginn der Nachmittagssprechstunde hatte ich noch Zeit für einen Mittagsimbiss. Es wurde ein Tiefkühlpizza, dann kam auch schon Pummel Heidrun, schaltete den Anrufbeantworter aus und den Praxis-PC ein. Der Alltag hatte mich wieder, die Reise in Tausend-und-eine Nacht beendet, der fliegende Teppich gelandet. Schade? Traurig? Ich ahnte noch nichts vom Nachspiel, das auf mich wartete.

Heidrun hatte die Realität in Form der DIN-A-5-Karteitaschen hübsch gestaffelt für diesen Nachmittag an der Anmeldung für mich ausgelegt. Schluss mit Abenteuern, Ausschweifungen und dem Wahrwerden von Altherrenfantasien. Der dreiteilige dunkle Anzug, der gestärkte Hemdkragen, ein eng gezogener Binder, meine Füße in schwarzen Gentleman-Schuhen, das war das Korsett gegen ein Sich-gehen-Lassen. Mein schlechtes Gewissen würde mich heute Nachmittag zu einem besonders liebenswürdigen Arzt machen, der seine Triebe besser in den Griff bekommen musste. Sublimierung hieß das Freudsche Zauberwort, also abends noch intensiver am Stutzflügel proben, meiner Erotomanie nur noch in der Fantasie Raum lassen. Ach, wenn es doch so einfach wäre.

An jenem desillusionierten Tag präsentierten sich die meisten Patienten wie immer mit Depressionen und Ängsten, wogegen ich etwas anzubieten hatte. Mit Rezepten über Antidepressiva und Anxiolytika konnte ein Durchschnittspsychiater mindestens der Hälfte innerhalb weniger Wochen ganz gut helfen. Denen, die keine Pillen schlucken mochten, bot ich kleine Psychotherapie an, also eine Einführung in die Verhaltenstherapie, dazu eine Broschüre, Hausaufgaben, neuerdings immer öfter den Jüngeren auch ein Rezept über Internet basierte Unterstützung. Hoffentlich würden künstliche

Intelligenz und VR-Brillen (virtuelle Realität) mich nicht irgendwann überflüssig machen, denn noch immer war die Wirksamkeit, wissenschaftlich Effektstärke genannt, der von mir angebotenen Leitlinientherapien mäßig, oft kaum besser als Placebo, nur hatte *ich* einen Schlüssel zum Heilerfolg abseits der Leitlinienempfehlungen gefunden, der über 90% meiner Klienten zufriedenstellte. Ich entdeckte das Geheimnis sogenannter unspezifischer Therapieeffekte, arbeitete damit wie weiland die Priester-Ärzte des Altertums. Der Glaube der Patienten an mich heilte. Das machte den Unterschied zwischen Psychiatrie und Onkologie aus, ein magisches Momentum, das ich sehr zu schätzen und polieren wusste.

Über den Fortgang des Prozesses gegen die Metallschmelzerbande berichtete der Gerichtsreporter der Lokalzeitung, nannte sogar ausnahmsweise die Vornamen der eingewanderten Berufsverbrecher, deren Äußeres die Polizei ansonsten in Fahndungsaufrufen nicht mehr „südländisch", sondern „westasiatisch" nannte. Vor dem Landgericht standen regelmäßig Übertragungswagen des norddeutschen Rundfunks, vor dem Eingangsportal mit Sturmhauben maskierte junge Bundespolizisten, Maschinenpistolen vor der Brust. Was für eine Bereicherung, dachte ich, wenn ich beim Spaziergang durch den Schlossgarten auf dieses Menetekel am anderen Ufer des Wassergrabens schaute. Auf einem Foto in der Lokalzeitung aus dem Sitzungssaal war zwischen den Angeklagten Rajana groß im Bild, was mir einen Stich versetzte. Wie ein verliebter Teenager schnitt ich das Foto aus, steckte es gefaltet in meine Brieftasche, wollte einen Beleg für …. ja, für was eigentlich ablegen und dennoch ständig bei mir tragen. Zehn Wochen Funkstille, während der ich jede Stunde an sie denken musste. So ähnlich musste es im Kopf meiner Patienten mit einer Zwangsstörung zugehen. Dann kam der unverhoffte Anruf: „Ich muss dich sprechen." Ich: „Wann?" Sie: „Am besten heute." Ich gönnerhaft: „O.k. komm um 19.00 Uhr." Eine zweite Einladung zum Dinner anzubieten, wäre nach der harschen Abfuhr unpassend gewesen. Ich bereitete dennoch für den unwahrscheinlichen Fall der Fälle Finger-food vor. Sie kam mit zehn Minuten Verspätung: „Kein Parkplatz in der Straße zu finden." Ich nahm ihr den Mantel ab, machte eine angedeutete Verbeugung, wies mit ausgestrecktem Arm den Weg ins Kaminzimmer, wo bereits ein kleines Feuer loderte, eine Flasche Mineralwasser, zwei Gläser auf dem Beistelltisch standen. Rajana guckte sich um, so als wäre ihr der Raum nicht vertraut, ließ sich etwas plump in den Hochlehner fallen, guckte mich sekundenlang an, während ihr Mund stumm arbeitete. Ich: „Und? Hast du den Prozess gewonnen?" Sie: „Ich bin schwanger – von dir!" Mir sackte das Kinn auf die Brust. Im Bruchteil einer Sekunde musste das Entsetzen aus meinem Gesicht verschwinden, denn *das* wollte keine schwangere Frau beim Erzeuger der in ihrem Leib wachsenden Frucht sehen. Die dann erscheinende Rührung in meinem Gesicht war nicht gespielt. Am liebsten hätte ich sie in den Arm genommen, fest gedrückt, was ich mich noch nicht traute. War auch überflüssig. Sie mit stechendem Blick: „Wir müssen heiraten!" Da wurde ich nach Jahrzehnten noch einmal rot: „Ist das dein Ernst?" Sie: „Ich will dieses Kind. Alleinerziehende Mutter ist keine Option." Ich stand auf, ging in die Küche, holte das kleine Tablett mit den Häppchen aus dem Kühlschrank, stellte es vor dem Kamin ab, fiel vor Rajana auf die Knie: „Rajana, willst du meine Frau werden?" Sie lachte laut auf: „Jaaaa!" Nun folgte eine Art Informationsaustausch, wie er vielleicht in Fortpflanzungskliniken bei der Auswahl eines Samenspenders geführt würde. Rajana wollte nicht kinderlos der Menopause entgegengehen. Für die Männer ihres Kulturkreises war sie auf das Äußerste beschmutzt. Sie hätte ganz weit nach unten greifen müssen, um einen Araber zum Vater ihrer Kinder in einer respektierten Ehe zu machen. Das wollte sie nicht. Nein, Hochbegabten-Gene sollten zuinander finden. So lobte sie meine beruflichen Erfolge, betonte die Ähnlichkeit zwischen uns beiden als Freiberufler, war beeindruckt von meinem Sinn für Ästhetik, die klassische Musik, feine Küche und eine Villa, in der sie sich wohlfühlen könnte. Geistig war sie bereits eingezogen, ich glühte vor Begehren. Sie: „Unser Kind wird eine hellere Haut als seine Mutter haben. Wenn wir es Johann oder Johanna nennen, ich deinen Namen als Familiennamen wähle, wäre ein neuer kleiner Biodeutscher erschaffen, jedenfalls wird keiner an seiner `Rassereinheit´ zweifeln, solange ich nicht neben ihm auftauche." Wir mussten beide lachen.

22.   Willkommen in Klein-Beirut!

Für Rajana heikel war die Akzeptanz ihrer Eltern, ja der ganzen arabischen Community, in der Assimilation allenfalls als Eheschluss zwischen einem arabischen Mann und einer Ungläubigen denkbar war, wenn diese zum Islam konvertierte. Eine Muslima heiratete keinen Ungläubigen, niemals. Ich würde von ihr die Lösung dieses Problems erst am nächsten Tag präsentiert bekommen: Meine Konvertierung zum Islam. Es musste alles schnell gehen, denn Rajana wollte nicht mit dickem Bauch vor Iman und Standesbeamten treten. Natürlich kamen mir leise Zweifel, zuallererst hatte ich Angst vor einer Beschneidung, denn der Iman fragte ausdrücklich danach, erwähnte mit strengem Blick, dass die Beschneidung nun einmal nach der Sunna zur Natur des Mannes gehöre. Ich atmete tief, fing an zu schwitzen, bis er erklärte, dass es für ältere Männer Ausnahmen gäbe. Er muss die Erleichterung in meinem Gesicht wahrgenommen haben, lächelte verschmitzt. Die Vorhaut ist keineswegs ein überflüssiges Stückchen Haut, sondern ein wichtiger Teil des männlichen Geschlechtsorgans mit höchster Dichte an sensiblen Tastkörperchen, was anschwellender Erregung sehr förderlich ist.

Eine große arabische Hochzeitsparty ließ sich auf die Schnelle gar nicht organisieren, also versuchte ich mit meinen guten Kontakten in die Stadtverwaltung, eine Blitztrauung mit der Standesbeamtin zu arrangieren, was auf keine Hindernisse stieß. Wir waren beide deutsche Staatsbürger, sie ledig, ich verwitwet. Der Besuch bei Rajanas Eltern geriet denkwürdig, denn ihr Vater war nur wenige Jahre jünger als ich. Den Umzug vor einigen Jahren in eine kleine Sozialwohnung in der 50 Kilometer entfernten Großstadt, hatten sie schon bereut, denn der Stadtteil zog immer mehr Migranten an, sodass in den Grundschulen die Migrantenkinder bereits die laute Mehrheit stellten. Rajana hatte mir ihren Vater als einen klugen, tapferen Mann geschildert, der in seinem Leben einfach Pech gehabt hatte, denn viel entscheidender als seine persönlichen Qualitäten waren die durchschnittlichen Eigenschaften seiner Landsleute gewesen, um die es schlecht stand, sowohl im Libanon als auch in Deutschland, was man sofort sah, wenn man in den Stadtteil der Migranten einbog, von denen mindestens die Hälfte auch in zweiter und dritter Generation im Bürgergeld verharrte, die Träume von Teilhabe am Wohlstand des reichen Deutschlands meistens unerfüllt blieben, eine Demütigung, die Rajanas Vater fatalistisch ertrug, gegen die die Jungen in der Nachbarschaft allerdings rebellierten. Rajana liebte ihre Eltern sehr, weshalb ich sie fragte: „Wird dein Vater einen Brautpreis verlangen?" Sie: „Um Gottes Willen, nein." Ich: „Was, wenn ich ihm trotzdem eine Freude bereiten will?" Ihr kamen die Tränen. Also rief ich unseren Nobelkarossen-Händler an, dessen Frau meine Patientin gewesen war, bat um einen Mittelklassewagen für etwa 20 000 € als Geschenk für einen älteren arabischen Mann. Der Händler hatte eine Limousine mit kleiner Maschine in silber lackiert auf dem Hof stehen („unsere älteren Kunden aus dem Morgenland lieben diese Baureihe, weil unkaputtbar"). Bei der Probefahrt fiel mir der Geruch eines Neuwagens im Fahrzeuginneren auf. Dafür kam ein spezielles Spray zum Einsatz, Kennzeichen mit den Initialen meines Schwiegervaters kosteten 20 Euro extra. Es durfte kosten, was es wollte, wenn ich Rajana damit glücklich machen konnte. Angemeldet wurde die Limousine auf meinen Namen, damit es keine Probleme mit den Ämtern gab. So fuhren wir mit zwei Wagen in Klein-Beirut vor, betraten eine picobello saubere Wohnung, nachdem wir die Schuhe vor der Wohnungstür ausgezogen hatten. Schwiegervater sprach kaum Deutsch, dafür fließend Englisch, hatte einige Jahre als Fluglotse (daher kam die Intelligenz der Tochter also) am Beiruter Flughafen gutes Geld verdient, bevor die Israelis die Landebahn bombardierten, der Bürgerkrieg die Familie zur überhasteten Flucht zwang. Als ich meine Brautgabe an ihn ankündigte, hatte ich mit initialer Abwehr gerechnet. Weit gefehlt, er blickte ernst, nickte, nahm den klobigen Autoschlüssel mit dickem Markenlogoanhänger in die Hand, wog ihn, blickte ernst: „Good. Very kind of you" *(gut, sehr aufmerksam von dir)*. Wir gingen zum Parkplatz, er strich sich das Kinn, schüttelte den Kopf und schon saß er auf dem lederbezogenen Fahrersitz für eine kleine Spritztour durch das Viertel. Wir waren uns auf Anhieb sympathisch. Der Wagen, von dem die meisten arabischen Männer träumten, sicherte häufige Besuche in naher Zukunft, wenn wir die Großeltern als Babysitter sehr schätzen lernen sollten. Schwiegermutter war eine begnadete Köchin, die es liebte, in meinem Kochstudio zu werkeln, meinen kulinarischen Horizont in Richtung Orient zu erweitern. Das war Integration, wenn Zuwanderer und Alteingesessene untereinander heirateten, sich die Zuwanderer nicht bei Namensgebung und gegen die europäische Lebensweise im Allgemeinen sperrten. Rajanas Eltern erkannten die Überlegenheit der deutschen Kultur an, so wie ich nie Zweifel hatte, dass die alemannischen Stämme den ostfriesischen und slawischen überlegen waren. Deutschland wäre aus Bern regiert besser dran als unter ostelbischer Fuchtel aus Berlin. Ja, auch über Politik konnte ich mit Schwiegervater reden, weil unsere Ansichten fast deckungsgleich waren, will heißen, sehr, sehr konservativ. Kurz und gut, wir wurden ein Herz und eine Seele, was dazu beitrug, dass Rajana glücklich lächelte, in diesem Überschwang sogar die von ihr anfänglich angedachte zölibatäre Ehe mit mir aufgeben konnte. Sie verzieh mir meinen alten Körper, ich genoss ihren jungen in vollen Zügen. Die Zeit einsamer Abendstunden war vorbei, es begann die Zeit der Zärtlichkeit bis sich dunkle Wolken über uns zusammenbrauten und das kam so: Rajana gewann ihren Prozess vor dem Landgericht insofern, als sie für ihre vier Mandanten in einem Deal mit der Staatsanwaltschaft eine milde Bewährungsstrafe aushandeln konnte, was die Schlingel samt der anwesenden Verwandtschaft im Saal zu einem unklugen Triumphgeheul bei der Urteilsverkündigung stimulierte, gereckte Fäuste und Gejohle inklusive, säuerlicher Blicke des Staatsanwaltes und von der Richterempore, Einmarsch der Bundespolizisten in den Sitzungssaal, Handgemenge, worüber in der Lokalpresse geschwiegen wurde. Ihre Schwangerschaft konnte Rajana in turbulenten Zeiten beruflich nicht stoppen, mit mir bald mittendrin, denn die Familie mochte sich nicht vorstellen, dass jemand, der einheiratete, einen ganz anderen Blick auf ihre Geschäfte haben könnte. Man vertraute mir blind, so als wäre ich Blutsbruder, damit automatisch Komplize, was ich eben nicht war, denn schnell begriff ich, dass sie ausschließlich Mandate von ihrem irgendwie um mehrere Ecken Onkel Sanan erhielt, der als scharf kalkulierender Geschäftsmann immer auf der Suche nach profitabler Handelsware war. Auf dem Gebrauchtwagenmarkt gab es wachsende Konkurrenz durch Osteuropäer, die die Ware nicht kauften, sondern auf Bestellung von der Straße oder aus Carports stahlen, über ihre Netzwerke bis in den durch Sanktionen ausgetrockneten russischen Markt verkauften. Moldawier, Litauer, Ukrainer, Russen und Kasachen agierten dabei nicht zimperlich, heuerten für brutale

Revierkämpfe tschetschenische Killerkommandos an, die für kleines Geld Exekutionen auf offener Straße praktizierten, wovon die Lokalpresse berichtete, allerdings unter sorgsamer Vermeidung von Hinweisen auf den Migrationshintergrund der Opfer und Tatverdächtigen. Das Bundeskriminalamt sprach von „REOK" (russisch-eurasische organisierte Kriminalität). Sanan hatte deshalb den Gebrauchtwagenhandel heruntergefahren, schleuste dafür immer öfter junge Männer aus dem Hexenkessel Naher und Mittlerer Osten über verschiedene Routen nach Deutschland, wo Rajana alle juristischen Hebel in Bewegung setzte, um deren Asylverfahren durch die Instanzen zu schleppen. Schnell schnappte ich auf, dass dabei auch Geld an Mitarbeiter der Ausländerbehörden floss, Urkunden gefälscht wurden, Mehrfachanmeldungen zum Bezug von Bürgergeld dazu dienten, Rajana und Sanan für ihre Dienste zu bezahlen. Ich redete ihr ins Gewissen, sie blickte mich nur völlig entgeistert an: „Du verstehst das nicht. Ich bin die große Ausnahme. Fast keiner von denen, die wir nach Deutschland holen, hat hier eine Chance so ganz legal voranzukommen. Allein die Sprache. Es sind nicht die Hellsten, die ihr ganzes Leben dann als Paketboten oder im Dönerimbiss für kleines Geld arbeiten sollen. Manche machen das, aber vielen ist das zu wenig. Fahren sie für uns einen Laster aus Bulgarien über alle Grenzen, gibt es tausend Euro bar auf die Hand, Abenteuer inklusive. Die Jungs passen nicht zu irgendwelchen langweiligen Jobs im Handwerk, sie fahren lieber herum. Jeder sieht auf einen Blick, dass sie anders sind. Darum halten sie sich in dieser fremden, kalten Umgebung am liebsten unter ihresgleichen auf. Die Einheimischen sind ihre Feinde. In der Schule rotten sie sich als Banden zusammen und verprügeln am liebsten Kartoffeln." Rajana hatte einen analytischeren Blick auf das Scheitern diverser Gesellschaften als das Heer von Sozialforschern, die der noch weißen Mehrheitsgesellschaft einreden wollten, dass Migration immer und für alle gut gewesen sei.

Rajana war in eine schizophrene Situation geraten, in der der Wunsch nach Zugehörigkeit zu ihrem eigenen Stamm mit dem Chaos kollidierte, das genau dieser Stamm anrichtete, überall wo er auftauchte. Eigentlich musste sie sich für ihre Ethnie schämen, so wie ich mich während meiner Jahre in Australien ungern als Deutscher zu erkennen gegeben hatte, lieber vom positiven Image der Schweizer profitierte, Basel als meinen Geburtsort nannte. Tausende australischer Männer waren in zwei Weltkriegen gegen Kaiserreich und Drittes Reich gefallen. Die Erinnerung an deutsche Hunnen und SS-Schergen wurde down under hochgehalten.

Die Schleuseraktivitäten der Sippe waren schlimm genug, aber nichts gegen das, was Sanan als viel attraktiveres Geschäftsmodell anvisierte: Den Einstieg in den Kokain-Schmuggel. Enorme Handelsspannen lockten, hatten manche südamerikanischen Länder bereits in Narkostaaten verwandelt, denn mit den Unsummen an Bargeld aus dem Kokain-Handel ließen sich staatliche Institutionen ganz schnell zersetzen. Nun begann dieses stark indigen geprägte hochkriminelle Milieu seinen Angriff auf die europäischen Hafenstädte immer nach dem gleichen Muster. Um die Droge im Tonnenmaßstab in Antwerpen, Rotterdam, Le Havre, Hamburg oder Bremerhaven anlanden zu können, mussten Hafenarbeiter, Zollbeamte, Speditionsunternehmen sowie mittlerweile auch Polizisten, Staatsanwälte und Richter bezahlt werden, was nicht immer reibungslos klappte. Dann schlug Rajanas Stunde. Vor unserer Ehe hatte sie männliche Entscheider in der Justiz nicht nur mit braunen Umschlägen gnädig gestimmt. Vielleicht sollte ich von meiner kleinen Tochter, sobald sie auf der Welt war, doch heimlich einen Vaterschaftstest machen lassen? Zu den sogenannten Big-Five der psychologischen Persönlichkeitsforschung war in den letzten Jahren ein sechster Charakterzug von großer Bedeutung getreten:

„Honesty" – Ehrlichkeit, Aufrichtigkeit. Den Forschern war aufgefallen, dass bei der Betrachtung von Gruppenunterschieden z.B. auch verschiedener Ethnien Korruption mit Intelligenz korrelierte. Je niedriger der Durchschnitts-IQ in einer Gesellschaft, umso ausgeprägter die Korruption. Mit einer Ausnahme: China. Hier musste man annehmen, dass es unter den super klugen Chinesen einfach an Faktor Sechs mangelte. Das traf traurigerweise auch auf Rajana zu, die bei ihrer ohne Zweifel hohen Intelligenz das Mausen im kriminellen Milieu nicht lassen konnte. Ich sah die Gefahr, sprach mit ihr darüber, wurde nicht massiv, denn da war das wachsende Baby in ihrem Bauch, dass nicht ahnen konnte, was für ein Luder seine Mutter war.

23.   Modernes Gebären, moderne Mütter, moderne Väter

Zähne zusammenbeißen war im Kreißsaal für viele arabische Frauen keine Option, sie schrien laut, sehr laut. Ich wollte Rajana als Spätgebärender die Tortur ersparen, handelte für sie als Privatpatientin eine elektive Schnittentbindung mit dem Chefarzt aus, was für mich den Vorteil nicht überdehnter Muskulatur des Eingangs zum kleinen Becken haben würde, ihr vielleicht Inkontinenz für Urin im Alter ersparen konnte. Die Hebamme drückte mir das klitzekleine Bündel in ein Handtuch gehüllt in den Arm, sofort nachdem es blutig verschmiert aus dem Uterus gerissen worden war. Geburten haftete etwas Viehisches an. Sie hatte erstaunlich viele tiefschwarze Haare, aber meine helle Haut, eine recht große Nase, die hoffentlich nicht zur Pinocchio-Größe ihres Vaters auswachsen würde. Rajana ließ als Namen unserer Tochter Johanna Maria in das Formular des Standesamtes eintragen, wollte wie abgesprochen alles Menschenmögliche für eine Assimilation ihrer Tochter tun, für die Norddeutschland so vielleicht Heimat werden konnte ohne jene verhängnisvolle Sehnsucht zum Unland ihrer mütterlichen Herkunft.

Eine Bilderbuchmutter wurde Rajana nicht, wollte bereits nach drei Monaten abstillen, mit dem Baby auf dem Arm ständig am Smartphone, gedanklich in ihrer Kanzlei, die unvorteilhafterweise in meine Villa eingezogen war. Sie nutze dafür das lange Jahre verwaiste Arbeitszimmer meiner verstorbenen Frau, als Rezeptionskraft Heidrun, die durch meine ein bis zwei Patienten pro Stunde nie wirklich ausgelastet gewesen war. Je mehr die Mutter wichtigeres als Säuglingspflege im Kopf hatte, desto mehr staunte sie über meinen Brut- und Pflegeinstinkt. Ich wusste manches besser als die Hebamme, deren striktes Bauchlageverbot gar nicht evidenzbasiert war, wie eine gut angelegte Studie aus Bristol belegte. Nur für Säuglinge aus dem Prekariat korrelierte ein erhöhtes Risiko für den plötzlichen Kindstod mit Schlafen in Bauchlage, dafür kam es bei ständiger Rückenlage häufiger zu hässlichen Schädeldeformationen, einer Art plattem Hinterkopf. Auch die Verachtung dieser auf Kosten der Krankenkasse anreisenden Dame für Zink-Öl-Paste war Blödsinn. Nichts schützte die Baby Haut besser vor Feuchtigkeit als eine dünne Schicht Zink-Öl-Paste. Dann noch diese Forderung, den Säugling früh an Zeiten zu gewöhnen. Alles Quatsch, feeding on demand *(Füttern nach Bedarf)* war der Trend in den USA, was mir nur logisch erschien. Dass ich den Kinderwagen gerne allein durch Park und Stadt schob, befremdete Rajana, denn so etwas taten arabische Männer nicht aus Angst vor der hämischen Frage ihrer Freunde „hast du dafür keine Frau?" Ich erinnerte mich an meine Eltern, die beide in ihrem Leben an nicht vielen Dingen Freude gefunden hatten, sich aber beide mit einer Art Affenliebe um Kinder und Enkel kümmerten, was so weit ging, dass die jüngsten Enkel noch mit sechzehn am Wochenende zwischen Oma und Opa im Ehebett lagen, Fernsehen guckten, Chips aßen, sich die Füße massieren ließen. Johannas Pflege bereitete mir ein solches Vergnügen, dass ich die Sprechstunden radikal zusammenstrich – sollte doch Rajana für ein ordentliches

Familieneinkommen sorgen. Nein, eigentlich war ich auf die Praxiseinnahmen gar nicht mehr angewiesen, hätte bereits das berufsständische Rentenversorgungswerk anzapfen, als Privatier vom Ersparten die restlichen hoffentlich zwanzig Jahre passabel leben können. Johanna war ein strahlendes, gut gelauntes Baby, ganz anders als meine vier Enkel, die sich die ersten sechs Lebensmonate die Seele aus dem Leib geschrien hatten. Woher stammten ihre sehr seltenen grünen Augen? Meinem Vater verliehen grüne Augen etwas Exotisches, Mutter schaute blaugrau, ich grau. Jedenfalls konnte ich mich an diesen Augen und ihrem Lächeln gar nicht satt sehen, was mit dem Wachsen der ziemlich großen, kerzengeraden, schneeweißen Milchzähne noch intensiver wirkte. Die Einjährige im Buggy versetzte alle älteren Damen im Schlosspark in Entzücken, wo ich ein schattiges Plätzchen suchte, das mich wie mit einer Zeitmaschine zweihundert Jahre zurückversetzte in eine Welt, in der Schönheit und Kontemplation *(konzentriert-beschauliches Nachdenken)* den Menschen noch etwas bedeuteten. Der Graf, später die Herzöge, hatten ein an ihr Schloss angrenzendes Sumpfgebiet trockenlegen lassen, um dort einen großen Park anzulegen, den der Plebs damals nicht betreten durfte. Heute war das anders. Ich musste doch öfter als mir lieb war die Bank wechseln, um dem lauten, aufdringlichen osteuropäischen Trinkerprekariat zu entgehen. Ansonsten hatten die Landschaftsgärtner anders als Architekten und Stadtplaner den Sinn für Ästhetik noch nicht verloren, pflegten akribisch den Rosengarten, manikürten die Rasenflächen, achteten auf beruhigende Symmetrie, verspielte Ornamente an den Brückengeländern über die kleinen Wasserläufe. Ich flanierte als Stammgast in diesem Überbleibsel aristokratischer Hochkultur, kannte die festangestellten Gärtner mittlerweile persönlich. Da Johanna gut und gerne zwei Stunden in ihrer Karre schlummern konnte, packte ich in die Ablage unter ihr eine Thermoskanne mit Darjeeling-Tee, eine Tüte französisches

Sandgebäck, ein Sitzkissen sowie meinen Notizblock. Der Park wirkte inspirierend auf meine Buchprojekte, von denen ich zwei gleichzeitig seit vielen Jahren verfolgte. „Der Mann mit den schlechten Eigenschaften" sollte mein Opus magnum werden, als Schelmenroman autofiktional den Parforceritt *(unter Anspannung aller Kräfte bewältigte Leistung)* eines Parvenüs *(Emporkömmlings)* durchs Leben schildern. Eigentlich lag das Manuskript schon fix und fertig als pdf in der Cloud, wartete auf den Click „Senden" als E-Mail mit Anhang an den Verlag. Jetzt kamen mir Zweifel, ob nicht gerade Dinge ans Laufen gekommen waren, die auf all die Abenteuer der letzten Jahrzehnte noch einmal mächtig draufsatteln würden. Erfasste mich eine sentimental-pessimistische Stimmung, schrieb ich an der Novelle „Elegie", die Arthur Schopenhauer bestätigt hätte. Spazierte ich aus der Ruhe des Parks heim, hörte ich bereits aus einiger Entfernung durch die offenstehenden Fenster der Villa ein Getöse. Warum waren Araber so laut? Am Steuer ihrer Wagen mussten sie ständig hupen. Das laute Stimmengewirr in meinem Haus war Rajanas veränderter Einstellung zu Schwangeren und jungen Müttern geschuldet. Die befanden sich zwar nur selten unter ihren zukünftigen Mandanten auf der Balkan-Route, aber im Chaos sogenannter Erstaufnahmelager mochte sie verzweifelte Mütter nicht leiden sehen. Also kam sie auf die Idee, die vier leerstehenden Kinderzimmer im Dachgeschoss mit Flüchtlingskindern und deren Müttern zu belegen, wobei sie durchaus selektiv vorging, Afghaninnen und Schwarze ablehnte, wegen der Sprachbarriere Araberinnen bevorzugte. Am Ende machte sie sogar wie viele in der Migrationsindustrie ein gutes Geschäft mit ihrer Mildtätigkeit, rechnete für Unterkunft, Verpflegung, später auch Rechtsvertretung sowie Dolmetscherdienste ordentlich mit Sozialamt und Ausländerbehörde ab. Mit der Ruhe war es vorbei, dafür ging in meiner Fantasie ein jugendlicher Lebenstraum in Erfüllung. Wie in einem orientalischen Harem lebte ich von oft fünf jungen Frauen umgeben, die kräftig unterstützt durch Rajana das Kommando führten, sich überhaupt nicht genierten in meiner Gegenwart zu stillen oder morgens halbnackt in mein Badezimmer zu stürmen, weil ihres im dritten Stock besetzt war. Mein Status als Ehemann mit einem Schock grauer Haare ließ mich jenseits ihrer erotischen Vorstellungskraft wie ein gnädiger Gott durch das Haus schweben, der in allen Fragen der Säuglingspflege und anderer medizinischer Probleme Rat wusste, anscheinend unvorstellbar reich war. Das schlossen sie wohl aus einem Blick in mein Schlafzimmer und den Roadster in der Garage. Ich fühlte mich allerdings weniger als Sultan denn als eunuchoider Haremswächter. Wie lange konnte das gutgehen? Wann würde der Hype um Flüchtlinge mit grassierender Fremdenüberhöhung abebben? Was Rajana durchzog oder zumindest begünstigte, war Schleusung von Ausländern, Beihilfe zum Sozialbetrug sowie Bestechung von Beamten – ich daneben, wenn nicht bereits mittendrin.

24.   Breaking bad *(auf die schiefe Bahn geraten)*

Aber es sollte alles noch viel schlimmer kommen, denn Sanan musste beim Schleusen mit immer härteren Bandagen auf der Balkanroute kämpfen. Alteingesessene, eher mäßig bezahlte bulgarische, rumänische, bosnische oder kroatische Grenzpolizisten waren von einem anderen Kaliber als die zugereisten hochbezahlten Frontex-Beamten aus dem Norden, die eben nicht ihre Heimat gegen den Ansturm der Westasiaten verteidigten. Es fielen Schüsse, die Südslawen wehrten sich robust, praktizierten push-backs als Notwehr. Die Schmiergelder für die Posten an den Zollkontrollen stiegen in astronomische Höhe. Bald würde sich das nicht mehr lohnen, zumal jederzeit ein Flüchtlingstsunami einsetzen konnte, auf den die EU vielleicht doch mit einem Militäreinsatz inklusive vollständiger Grenzschließung ala Israel reagieren müsste. Zäune und Mauern funktionierten im Heiligen Land zumindest zeitweilig. Er kannte die desolate Lage der Menschen im Libanon und Ägypten nur zu gut. Allenfalls die Juden hätten Chancen auf Aufnahme in Europa, wenn deren acht Millionen von ihren blutrünstigen Nachbarn ins Meer getrieben werden sollten, Araber wären nicht willkommen. Was ihn auch ein bisschen wütend machte, deshalb nach einem neuen Geschäftsfeld suchen ließ. Drei Millionen Dollar für eine Tonne Kokain? Kein Problem, die hatte er bar im Tresor. Die Schwierigkeiten begannen mit dem Transport aus einem der südamerikanischen Narkostaaten nach Europa. Der Ankauf in Kolumbien über einen Mittelsmann war eine Angelegenheit von wenigen Stunden, aber in der dann notwendigen Logistik sowie in der Verteilung zum Endabnehmer wurde es lebensgefährlich, weil sich der Stoff in den Metropolen Europas zum zehn- bis zwanzigfachen Preis verkaufen ließ – aus einer Million mach zwanzig, alles in Cash. An diese Handelsspanne wollten alle ran. Sanan hielt sich für schlau genug, da mitzumischen, was er nicht war. Um zu diversifizieren und das Risiko beim Transport über Grenzen auszuschalten, plante er parallel eine Drogenproduktion direkt vor Ort. Was die tschechische Unterwelt hinbekam, sollte auch in Bremerhaven möglich sein. Es bedurfte nur eines Chemikers, der die Synthesewege für 1A-Stoff beherrschte. Die Suche nach so einem Mann gestaltete sich schwierig, denn in der Großfamilie gab es nicht einen einzigen mit Realschulabschluss. Die meisten der arbeitslosen „Neffen" blieben funktionelle Analphabeten. Nur Rajana war von einem anderen Kaliber. Wir erinnerten unser beider Studentenzeit an Elite-Instituten, blätterten sentimental in unseren Dissertationen. Mein Curriculum vitae wies vor dem Medizinstudium einen Bachelorabschluss in Chemie aus, als Institut der Promotionsarbeit die Biochemie-Abteilung eines Max-Planck-Institutes. Im Praktikum der organischen Chemie hatte ich gelernt, wie man mit Ansätzen zur

Synthese organischer Moleküle hantierte, die Reinheit des Produktes überprüfte, um am Ende stolz dem Oberassistenten ein weißes Pulver für die Qualitätskontrolle mittels NMR- und Infrarotspektroskopie vorzulegen. Es hatte mir immer größtes Vergnügen bereitet, eine Destillierkolonne mit ihrem Glasschliffstutzen an Rundkolben zu schließen, die thermischen Bedingungen einer Reaktion genau zu kontrollieren, derweil es brodelte, dampfte und zischte. An einem Samstag bat mich Sanan, mit ihm nach Bremerhaven zu fahren: „Ich brauche deinen Rat in einer heiklen Angelegenheit". An diesem Tag lärmte das Gewusel in meiner mittlerweile Groß-WG besonders heftig, die Fahrt in seiner Luxus-Klasse-Limousine glich einer Flucht vor Zuständen wie im Gaza-Streifen, bis wir von der Autobahn abbogen, im Gewerbegebiet nicht weit vom Hafen vor einem heruntergekommenen Putzbau hielten, ähnlich denen, die die Israelis im wüsten Land der Palästinenser gerade zu tausenden in Schutt und Asche legten. Sanan öffnete eine mit riesigem Vorhängeschloss gesicherte Schiebetür, schaltete kalte Neonbeleuchtung ein, wir liefen durch einen engen feuchten Flur über rauen Betonfußboden, er schloss eine zweite massive Metalltür auf, dahinter blickte ich ins Chaos eines Garagenlabors: Kanister mit Grundchemikalien standen auf dem Boden, Propangasflaschen in der Ecke, an der Wand eine Arbeitsplatte mit Abzug, Wasserstrahlpumpe, zwei Waagen, Glasgeräten, Büretten und Bunsenbrennern darauf. Er: „Mein Chemiker hat mich im Stich gelassen." Wie ich später erfuhr, verstarb der gelernte Chemikant an einer Überdosis seines selbstproduzierten Stoffs durch Atemstillstand, Gott sei Dank nicht in diesem Labor, sondern in seiner Wohnung Stadtmitte. Der junge Mann hatte sich die Kochrezepte für die Synthese von Methamphetamin aus dem Darknet heruntergeladen, einige Grundchemikalien über seinen Ausbildungsbetrieb bestellt, wollte dann neunmalklug mit Derivaten oder Fentanylbeimischung experimentieren, machte sich selbst zum

Versuchskaninchen mit tödlichem Ausgang. Welcher Teufel ritt mich, Sanan beeindrucken zu wollen, etwas absolut Verbotenes zu tun, wie eine schlechte Kopie von Walter White in „Breaking Bad" aufzutreten, der Heisenberg von Bremerhaven zu werden? War ich krank? Oder war die männliche Elite durch und durch verkommen? In meinem Roman „Der Mann mit den schlechten Eigenschaften" ging es auch um die Frage, warum Männer so oft über die Stränge schlagen. Für die Recherche las ich mich vor dem Kamin sitzend nächtelang in die Wikipedia-Biografien großer Männer unter meinen Zeitgenossen ein, fand, dass ihr Agieren in Finanzangelegenheiten eigentlich unter „organisierte Kriminalität" gelistet gehörte, die Rubrik „Privatleben" in moralische Abgründe blicken ließ. Welcher Teufel hatte Bill C. geritten, im Oval Office seinen Penis in den Mund einer blutjungen Praktikantin zu stecken (was ihm ein Impeachment-Verfahren eintrug), Starregisseur Roman P. den seinen brutal in den Anus einer Dreizehnjährigen, obwohl er dafür u.U. für viele Jahre in der Vorhölle eines US-amerikanischen Gefängnisses hätte schmachten müssen, um dort u.U. selbst von Insassen brutal anal penetriert zu werden? Welcher Teufel ritt Helmuth K. und Wolfgang S., beide als Anführer der größten politischen Partei im Lande an den Schalthebeln der Macht, bei der Annahme von braunen Umschlägen voller Bestechungsgeld? Warum ließ sich Verführer Willy B. vom Top-Spion Günther G. Prostituierte zuführen, suchten Helmuth S., Joachim G., Horst S., Theo W. und zu viele Männer aus der Politelite ihr Glück in multiplen Konkubinaten und mitunter kompromittierenden Vaterschaften, die sie auf die Titelseiten mancher Boulevardblätter brachten? Volker B., ein schwuler Frontmann der fortschrittlichsten Partei, wurde nachts von der Berliner Polizei mit Chrystal Meth in der Tasche am Nollendorfplatz erwischt. Nollendorfplatz: Synonym für die Schwulen- und Stricherszene mit deren neuer Vorliebe für Chemsex.

Und erst die Franzosen, olala! Um von Greenpeace bei ihren Atombombentest auf dem Mururoa-Atoll nicht gestört zu werden, zettelte der französische Geheimdienst die „Operation Satanique" an, ließ Kampfschwimmer Haftminen am Greenpeace-Schiff „Rainbow-Warrior" anbringen, deren Explosion den Greenpeace-Fotografen Fernando P. leider das Leben kostete. Kenner der französischen Politelite gingen davon aus, dass Staatspräsident M. das Unternehmen abgesegnet hatte. Er muss ein wilder Hallodri gewesen sein, was ich der Lektüre von „*M. und die 40 Räuber*" entnahm, dessen Autor sich laut Wikipedia auf Informationen François de G.s stützte, der mehr als 35 Jahre einer der engsten Vertrauten Staatspräsident M.s war, am 7. April 1994 im Élysée-Palast erschossen aufgefunden wurde. Dann die Fälle Pierre-Yves G., der Verantwortliche für Abhöraktionen im Élysée-Palast in den Jahren 1983–1986, am 12. Dezember 1994 in seiner Wohnung erhängt aufgefunden, und Pierre B., Premierminister 1992–1993, Verteidigungsminister ab 1993, der sich laut Aussage seines Leibwächters am 1. Mai 1993 in Nevers mit dessen Dienstwaffe erschoss. M. hatte als Senator 1961 im reifen Mannesalter von 45 Jahren und bereits Vater von drei Söhnen die gerade 18 Jahre alte Kunststudentin Anne P. zu seiner Mätresse gemacht, mit ihr eine Tochter gezeugt, diese Zweitfamilie in nächster Nähe zum Regierungsviertel in einem Regierungsgebäude logieren lassen. Anders als im Fall des Staatspräsidenten Francois H. klappte die Abschirmung durch den Geheimdienst perfekt. Staatspräsident Francois H. dagegen habe sich im reifen Mannesalter von siebenundfünfzig Jahren als Vater von vier Kindern zwar von seinen Personenschützern frühmorgens frische Croissants ins Liebesnest für seine siebzehn Jahre jüngere Mätresse Julie G. bringen lassen, dem Geheimdienst gelang es allerdings nicht, die Paparazzo-Fotos des Präsidenten auf dem Motorroller bei Anfahrt zur Liebeslaube zu unterdrücken, zwar trug er einen Motorradvollschutzhelm, aber seine teuren Schuhe sollen ihn verraten haben. Franz Josef S., auch er ein Hasardeur beim Abgreifen von Geldern, soll sich auf ähnlichen amourösen Spritztouren im reifen Mannesalter von 46 Jahren, Verteidigungsminister in Bonn und Vater von drei Kindern, in eine 17jährige Kölner Schülerin verliebt haben, konnte noch auf die Verschwiegenheit der Journaille rechnen. Me-too kam gottlob erst Jahrzehnte später für diese wahren Mannsbilder, hinter denen ich mich gut einreihen konnte. Meine nächtliche Lektüre der Schandtaten Prominenter ließ ahnen, dass die moralisch gefestigten eindeutig in der Minderzahl waren. Denen warf man vor, Langweiler zu sein. Allerdings fiel auf, dass in jüngster Zeit nicht mehr alle ungestraft davonkamen, die Weinsteins und Epsteins landeten tatsächlich hinter Gittern. Nur Regisseur Roman P. konnte seinen Kopf wieder und wieder aus der Schlinge ziehen, obwohl weitere Frauen ihn wegen Vergewaltigung als blutjunge Mädchen anzeigten, doch selbst Richter im katholischen Polen mochten ihn nicht an die USA ausliefern, ihre Schweizer Kollegen stellten ihn gegen Hinterlegung von 4.5 Millionen Schweizer Franken Kaution in seinem Chalet in Gstaad lediglich unter Hausarrest. Ich konnte im Fall der Fälle kaum mit einem Promibonus rechnen, Überlebender eines Menschheitsverbrechens war ich auch nicht.

Metamphetamin wurde 1893 (!) erstmal durch den japanischen Chemiker Nagayoshi Nagai in flüssiger Form synthetisiert. Mir standen mehrere Reaktionswege offen, die ich am Bestand, den Einträgen im Laborjournal des toten Chemikanten sowie Sanans osteuropäischen Lieferquellen ausrichten musste. Beim Stöbern in den alten fleckigen Journalen und Leitz-Ordnern machte ich eine traurige Entdeckung. In diesem Labor waren auch Kokain-Päckchen abgewogen und eingetütet worden. Der Chemikant hatte Fentanyl aus medizinischen Pflastern extrahiert, mit der Beimischung zu Kokain experimentiert. War Marvin sein Kunde gewesen? Waren beide Opfer eines fatalen Dosierungsfehlers geworden? Ich hatte einige Tage einen kranken Spaß beim Aufbau eines Labors, dem Kochen erster erfolgreicher Ansätze. Mit Zehn hatte ich den Bausatz „Der kleine Alchemist" von meinen Eltern geschenkt bekommen, war seither diesem Faible fürs Experimentieren verfallen. In einem lichten Moment erkannte ich in letzter Sekunde den Wahnsinn meines Tuns. Sanan und seine Familie waren einfach zu dumm für dieses Business. Sie würden grausam enden, ich mit ihnen. Wie kam ich da wieder heraus? Sanan musste weg, dieses Labor mit all meinen Spuren vom Erdboden getilgt werden. Ich dachte so geradlinig und kaltblütig, wie nur ein alter Mann denken kann, dessen Lebensuhr ohnehin fast abgelaufen war. Mein Einsatz waren die wenigen guten Jahren, die mir noch blieben, hatte doch Sohn Jasper bei einer Routine Blutbildkontrolle einen ominösen Anstieg der Thrombozyten *(roten Blutplättchen)* entdeckt. Myeloproliferatives Syndrom nannte man diese Form von Blutkrebs, der noch schlummerte, aber in kürzester Zeit grausam zuschlagen konnte mit dem Verschluss großer Blutgefäße durch Gerinnselbildung oder einer Massenblutung in inneren Organen. Ich fantasierte mich schon auf der neurologischen Intensivstation im Zustand des locked-in-Syndroms nach Basilaristhrombose *(Verschluss einer großen Hirnvene)*, also eingesperrt im eigenen Körper, bei vollem Bewusstsein unfähig zu sprechen oder auch nur einen Finger zu bewegen. Das Horrorszenario war gesetzt, denn bei einem bestimmten Prozentsatz der Blutkrebskranken sprang so eine Thrombozytose auch in eine akute Leukämie um, die nur über eine totale Zerstörung des Knochenmarks mit anschließender Stammzelltransplantation zu kurieren war, was leider weniger als 50% der Patienten überlebten, im höheren Lebensalter unter der Therapie fast alle verstarben. Prima wenn es gut ging, kleiner Verlust, wenn nicht. Also kaufte ich in verschiedenen Baumärkten noch einige Propangasflaschen zu, füllte an verschiedenen Tankstellen Benzinkanister, trug die 9mm Pistole unter dem weißen Kittel, als Sanan mich bei der Arbeit besuchte, mir eine Abendmahlzeit aus dem chinesischen Take-away-Imbiss mitbrachte. Die Erfindung der Schusswaffen hatte die Mechanik des Tötens grundlegend entdramatisiert, insbesondere wenn jemand wie ich diesen minimalistischen Zeigefingerdruck am Abzug hunderte Male spielerisch in heiterer Atmosphäre unter den Waffennarren des Schießsportvereins eingeübt hatte. Man musste keine Keule kraftvoll schwingen oder ein Messer bis zum Schaft in den Körper des anderen rammen, nein, die meisterlich konstruierte Pistole war leicht, fast ein Spielzeug, wenn da nicht die siebzehn 9 mm Vollmantelgeschosse im Magazin steckten, halbautomatisch zuverlässig einsatzbereit, die dem Schützen eine unglaubliche Kraft durch chemische Explosion in die Hand legten, die einen Schädel aus einigen Zentimetern Distanz kinderleicht zerfetzen konnte. Als Sanan sich interessiert über die Destillierkolonne in rotierender Bewegung beugte, schoss ich ihm in den Hinterkopf, griff mir den Autoschlüssel aus seinem Jackett, drehte die Reduzierstücke der Gasflaschen auf, öffnete die Benzinkanister, zündete einen Bunsenbrenner, verließ das Gebäude fluchtartig und brauste in seinem Wagen davon. In den Frühnachrichten der regionalen Medien waren Videos von einem Großbrand im Hafen zu sehen, der erst nach Stunden gelöscht werden konnte. Die Explosion der Gasflaschen musste einen auf ihnen liegenden menschlichen Körper regelrecht zerfetzt, stundenlange Hochtemperaturverbrennung das Werk eines Krematoriums vollendet haben. Vielleicht hatte ich Glück, Zahnstatus und DNA-Spuren waren in Rauch aufgegangen? Den Wagen parkte ich in den frühen Morgenstunden vor Sanans eigener Shisha-Bar, schloss die Hintertür mit seinem Schlüssel auf, legte den Bund ins Büro und schlich mich. Die Familie würde nie zur Polizei gehen, um eine Vermisstenmeldung aufzugeben. Probleme regelte man intern. Um mein altes langweiliges Leben zurückzubekommen, musste ich nur noch Rajana auf den rechten Weg bringen. Oder sie loswerden, nur gab es da noch eine gemeinsame Tochter, die ich abgöttisch liebte. Obwohl ich die Erfolgsaussichten gering einschätzte, wollte ich wenigstens versucht haben, meine Ehefrau aus ihrem kriminellen Sumpf zu ziehen. Der Moment war günstig, denn mit dem Verschwinden von Sanan brach der Familie die Geschäftsgrundlage weg. Rajana konnte ihn nicht ersetzen, schon gar nicht die depperten „Neffen" und „Cousins". Erstaunlich, dass niemand mich mit seinem Verschwinden in Verbindung brachte. Die Familie hatte größten Respekt vor mir, war ich doch so etwas wie eine moralische Instanz, ihr Über-Ich, der gute Deutsche, der nicht auf Araber herabsah. Um Rajana wieder auf den rechten Weg zu bringen, begann ich mit einem Zwiegespräch, für das wir die Villa mit ihrem Lärm verlassen mussten. Johanna schlafend in der Karre schoben wir durch den Schlosspark, wählten eine Bank in einem wenig besuchten Winkel unter einem alten Jasminbusch, dessen Blütenduft ich leider nicht mehr wahrnahm, was meine sentimentale Grundstimmung wachsen ließ. Ich legte meinen Arm um ihre Schulter, lächelte sie an, begann mit einer offenen Frage: „Wie stellst du dir unsere nächsten Jahre vor?" Dann versuchte ich sie mit rhetorischen Fragen einzukreisen: „Kann jemand auf Dauer im Dunstkreis der organisierten Kriminalität arbeiten und dennoch ruhig schlafen?" Einsicht erwartete ich heute nicht, aber ihr verbissenes Schweigen enttäuschte mich doch. Ich gab ihr einen Kuss auf den Scheitel, zurück ging es ins Tohuwabohu der Villa Kunterbunt, wo die Farbe Rot sehr bald für Stille sorgen sollte.

Rajana hatte als neuesten Gast eine junge Jesidin aufgenommen, weil das Frauenhaus überbelegt war. Hatte sich nicht schon die größte jesidische Gemeinde im ganzen Land in unserer Stadt eingenistet? Sie sprach einen kurdischen Dialekt, sodass Unterhaltung nur über eine Dolmetscherin möglich war, wir so gut wie nichts über ihre Vorgeschichte erfuhren, bis eines Abends eine andere Mitbewohnerin in den Hauseingang gestoßen wurde, während sie aufschloss. Später rekonstruierte die Polizei den Überfall anhand der gestochen scharfen Aufnahmen meiner Überwachungskameras. Zwei bärtige junge Männer rasten durch das Haus, schrien den Namen der Jesidin, die sich im Bad im zweiten Stock eingeschlossen hatte. Sie traten die Tür ein, packten sie an ihren schönen langen Haaren, schleiften sie zur Treppe, als ihnen zwei weitere Bewohnerinnen kreischend den Weg versperrten. Beide erhielten einen Stoß, stürzten schreiend die Treppe hinunter. Rajana kam aus ihrem Büro geschossen, schnappte sich einen schweren Eichenstuhl, ging auf die Bartträger los, die plötzlich zwei sehr, sehr lange Dolche zückten. Während der eine mit Rajana kämpfte, die seine Stiche geschickt mit dem Stuhl parierte, begann Nummer zwei mit einem furchtbaren Wutgebrüll auf die Jesidin einzustechen. Wäre ich im Haus gewesen, ich hätte sie beide erschossen. So ließen sie nach langen zwanzig Sekunden von ihren Opfern ab, stolperten über die Körper der Frauen aus dem Haus. Rajana rief Polizei und Rettungssanitäter, die die Jesidin nicht reanimieren konnten. Der Obduktionsbericht zählte sechsundzwanzig Messerstiche in ihrem Körper. Beide Täter wurden auf dem nahegelegenen Flughafen gefasst. Mich hatte seit langem erstaunt, wie oft anerkannte Asylanten zwischen ihrer alten Heimat und Deutschland pendelten. Im Prozess vor dem Landgericht fiel das Wort Ehrenmord. Die junge Frau war ihrem Ehemann davongelaufen, hatte eine neue Beziehung nicht geheim halten können. Was meine guten Worte nicht bewirkten, das schaffte die Blutfontaine, die unter Rajanas Augen die weiß gekalkte Wand des Treppenportals mit einem surrealen Graffito wie ein bösartiges Menetekel gezeichnet hatte. Alle Frauen mussten ausziehen, sie brach ihre Arbeit für die

Erstaufnahmeeinrichtung und die Ausländerbehörde ab, wofür alle Verständnis hatten. Ich schrubbte Eichentreppe und Wände, es herrschte himmlische Ruhe. Rajana legte eine berufliche Pause ein, fand auch Gefallen an der kleinen Alisha, meinem Pflegekind, das sie immer öfter auf ihren Spaziergängen mitnahm. Kleine braune Alisha stand dann auf einem Trittbrett der Kinderkarre, in der kleine weiße Johanna thronte. Die beiden Mädchen würden später vielleicht einmal etwas miteinander anfangen können. Ich konnte die Sprechstundenzeiten hochfahren, sodass die Wartezeit auf einen Termin von vier auf zwei Monate schrumpfte. Es war ein beschauliches Jahr für unsere kleine Familie, einzig unterbrochen von den wöchentlichen Besuchen der Schwiegereltern, die staunten, wie häuslich sich ihre Tochter zeigte. Damit war Schluss, sobald Johanna mit knapp drei in die Kita ganz in der Nähe aufgenommen wurde. Nun musste auch für die Mutter ein neuer Spielplatz gefunden werden. Ich ließ meine Beziehungen spielen, dachte an eine Tätigkeit im politisch-medialen Komplex, traf damit ins Schwarze. Merkwürdigerweise waren alle langgedienten Mandatsträger des Parteienspektrums an einem Kontakt interessiert, sowohl die ganz linken als auch die ganz rechten. Eine promovierte gutaussehende Juristin, eine moderne Modellfrau gelungener Integration, welcher Parteivorstand wollte sich nicht mit so einem Aushängeschild schmücken? Doch welche Partei sollte *sie* für eine Politkarriere wählen? Bei den Linken gab es unter Diversitätszwang bereits zahlreiche pigmentierte Gesichter in der Funktionärsriege, Mitte-Rechts holte über POC-Quotenregelungen (POC=people of colour) auf, die Liberalen würden wohl aus allen Parlamenten fliegen. Die Türken-Partei war für Araber ein No-Go. Wer noch Nachholbedarf für eine eloquente Exotin hatte, das waren die Rechtsaußen, denen gerade eine ältere Halbwestasiatin mit einer nationalkommunistischen Neugründung Konkurrenz machte. Gegen Rajana konnte dieser gealterte Politprofi nur verlieren, war sie doch deutlich älter und lange nicht so klug wie meine Frau, wenn sie sich auch beide für sehr betagte Ehemänner entschieden hatten. Ich konnte nicht ahnen, welchen kometenhaften Aufstieg Rajana an der Seite einer Parteivorsitzenden der Schwefelpartei hinlegen würde, mit der sie sich wie ein Herz und eine Seele verstehen sollte, beide eben summa cum laude promoviert. Was dann nach den Erdrutschwahlsiegen der Partei der Unberührbaren passierte, ist so unglaublich, dass es verdient, in allen Einzelheiten aufgeschrieben zu werden.